속소당粟蔬堂

속소당 산소와 묘비

경기도 안성시 삼죽면 용월리 소재

신평이씨 은행나무

속소당이 낙향하여 지냈던 일운장(一雲莊)이
이곳에 있었을 것으로 추정(推定)된다.

백세정부인百歲貞夫人 인천채씨仁川蔡氏
경수연도慶壽宴圖 1603년

※ 〈복차〉(伏次) 시의 배경이 된 잔치 모습

포주판구(庖廚辦具 : 오늘날의 취사기구)

수모서좌(壽母敍坐:연로하신 부인들 자리)

관곤부연 (冠坤赴宴:고관들이 연회를 벌이다)

귀자유락(貴子侑樂:아들들이 즐겁게 놀다)

추솔옹문(騶率擁門:문밖에서 옹위하는 모습)

粟蔬堂 李文蕽 漢詩集

편역자 이성

지식과교양

『粟蔬堂集』解題

Ⅰ. 生涯 및 家系

『속소당집粟蔬堂集』의 저자 신평新平 이문명李文蓂(1558~1645)의 자字는 명응明應이요, 아호雅號는 속소당粟蔬堂, 또는 일운거사一雲居士다. 신평은 현 충남 당진군 신평면이나, 백제 때엔 사평沙平이었다. 그러나 통일신라 이후 제35대 경덕왕景德王 15년(756)에 전국 군명의 지명을 한자漢字로 개명할 때 '사평 → 새평'이란 음편音便 현상으로 '새 신新'자의 음을 뜻으로 살려 신평으로 굳어졌다 한다.〈정구복 저: 雙梅堂 李詹 참조〉

신평면은 고려 현종顯宗 9년(1018)부터 고종高宗 때까지 홍주洪州(현 홍성)의 속현으로 남아 있다가, 1914년 지방 행정구역 개편으로 당진군으로 편입되었다.

속소당 이문명은 선친先親 남촌南村 이거李蘧(1532, 중종 27~1608 선조 41) 공公의 8남 중 둘째[次子]로 태어났다. 명종 13년 무오년戊午年에 출생하여 인조仁祖 23년 을유乙酉에 연관捐館하셨으니 향년享年이 88세이셨다.

원조遠祖는 고려 때 문하시랑평장사[정 2품]를 지내신 이덕명李德明이시고, 6세인 중서사인中書舍人 이원상李元祥은 쌍매당雙梅堂 이첨李詹의 부친 이희상李熙祥과 형제 항렬行列이시다. 조부祖父 모정慕亭 이세순李世純은 정암靜庵 조광조趙光祖의 문인門人으로 퇴계退溪 이황李滉 선생과 동방同榜으로 진사에 급제하셨고, 청송聽松 성수침成守琛 용문龍門 조욱趙昱과도 도의교道義交를 맺었다. 『양아록養兒錄』의 저자 묵재默齋 이문건李文楗과는 죽마고우竹馬故友로 『묵재집默齋集』속에 적지 않은 수답시酬答詩가 이제까지 전해온다. 기묘사화己卯士禍 때 정암靜庵 선생께서 돌아가신 후론 벼슬에 뜻이 없어 은거하시다가 명종明宗 때 잠시 출사出仕했으나, 연로年老하서 곧 물러나셨다.

부친 남촌 이거李蘧 공은 초당草堂 허엽許曄의 문인門人이었다. 명종 7년(1552)에 이제민李齊民 양숙養叔 윤인함尹仁涵과 동방同榜으로 진사에 급제하였고, 익년 계축癸丑(1553) 년 9월에 실시한 명정전明政殿 친시문과親試文科에 3등으로 급제하였다. 28세라는 비교적 이른 나이에 문과에 급제한 후 한어漢語에 정통하여 곧 예조좌랑으로 승진하고, 우상右相 윤개尹漑의 회계回啓가 있어 주청사서장관奏請使書狀官으로 명明나라를 다녀왔고, 전상銓相 정유길鄭維吉의 천거로 시강원사서문학侍講院司書文學이 되었다가, 삼사三司에 두루 출입하여 지평持平 장령掌令 성균관사예사성成均館司藝司成, 홍문관 수찬修撰 등 청환淸宦을 두루 역임한 후에 외임外任으로 금산군수金山郡守, 백천군수白川郡守, 철원부사鐵原府使, 청주목사淸州牧師, 충주목사忠州牧師, 황주목사黃州牧師 등 11개 고을 수령을 역임하셨다. 임진왜란 때에는 여주목사驪州牧使로 있었는데 어가御駕가 서순西巡함에 가족을 이끌고 의주義州로 향하다 강원도 이천에서 왜적에게 세 아들을 잃는 참척慘慽을 겪기도 했다. 전해오는 이야기로는 집 앞에 세 개의 정려문旌閭門이 있었다 한다.

나머지 다섯 형제분들은 순조롭게 과거에 급제하여 모두 고을 수령을 지냈다 하며, 특히 사제舍弟 문전文荃은 무과武科에 급제하여 병사훈국대장兵使訓局大將이 되어 광해조光海祖 때 등단록登壇錄에 올랐다.

선조 41년에 선친 남촌공이 기세棄世하시자, 예조禮曹에서 묘비문墓碑文과 제문祭文을 전해왔다. 선친 연관捐館 후 속소당은 일체 관직에서 물러나 긴 은거에 들어갔고, 인조반정仁祖反正 후 얼마 되지 않아 병자호란을 겪는다. 병자년 이후론 양주楊州 구거舊居에서 경기도 안성의 반곡盤谷으로 옮겼고, 다시 호서湖西의 서산瑞山으로 이거移居하는 등 파란만장한 삶이 계속되었다.

그 가계도를 보이면 아래와 같다.

家 系 圖

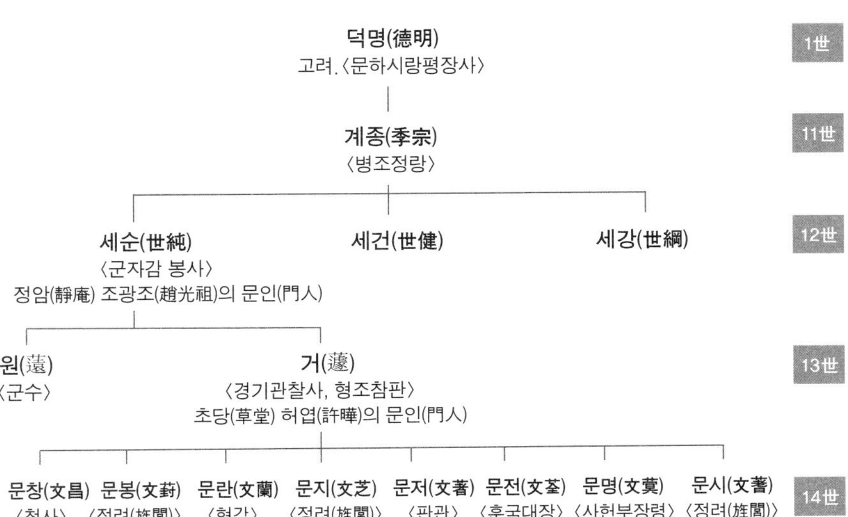

Ⅱ.『粟蔬堂集』의 傳來와 체제상의 特徵

『속소당집粟蔬堂集』은 미처 간행刊行되지 못한 채 필사본筆寫本으로 전해왔다. 더욱 간기刊記가 없어 언제, 누구에 의해 정리되었는지 아직은 묘연하다. 속소당 당시의 가세家勢나 출사出仕 교류交流 등을 고려하면 적지 않은 문록文錄이 수집蒐集되어 있었으련만 임·병 양란을 겪는 중 집을 비워둔 채 의주로 피난해 있는 동안 소중한 기록물들이 유실된 듯하다. 현존하고 있는『속소당유고粟蔬堂遺稿』도 워낙 낙자落字는 물론, 낙구落句가 심해 얼마만큼 원본과 핍진逼眞한지, 또 몇 본의 필사본이 더 있는지도 불분명하다. 뿐만 아니라, 책 이름[書名]도 앞표지엔『일운유고一雲遺稿』라고 되었으나, 속표지[扉表]엔『속소당유고粟蔬堂遺稿』라고 되어 있고, 앞면에는「참판공사사연락이수노모잉명서제사책전參判公謝賜宴樂以壽老母仍命書諸史冊箋」,「참판공소황천승지공묘일절參判公掃黃川承旨公墓一絶」이란 두 편의 글이 실려 있다.

　우선 이『속소당집』에 수록된 시 전체의 시식詩式 및 수수首數를 도표로 요약하면

속소당집 소재 詩式 및 首數表

시식 구분	근 체 시				고 체 시		
	五絕	七絕	五律	七律	五古	七古	계
自作	4제 4수	35제70수	10제13수	20제35수	3제 3수	1제 1수	72제 125수
附		5제 7수	2제 2수	2제 4수			9제 13수
父	1	1		9제 13수			11제 15수
계	5제 5수	40제79수	12제15수	31제52수	3제 3수	1제 1수	93제 142수

* 단 위 표의 附는 附原韻을, 父는 先親의 작품을 의미함.

와 같다. 곧 총 수록 작품 93제 142수 중 속소당 자작시는 72제 125수로 방대한 편은 아니다. 아울러 대체적 경향이긴 하지만 전체 편수에 비해 칠언절구의 비중이 크며(≒56%), 다음이 칠언율시(≒27%)로 구성되었다. 그 가운데 칠률「견오씨사우정차문인지유영이병서 이기오일소대사見吳氏四友亭次文人之留詠而竝序 以寄吳逸少大師」2수 중 1수는 기련起聯 1행 첫 4자가 탈자脫字되었으며, 함련頷聯 4행 첫 3자가 탈루脫漏되었다. 그 2수 역시 결련結聯 7구 첫 3자가 탈자脫字여서 전후 문맥으로 유추할 뿐이다. 뿐만 아니라, 「녹문 홍경신이 시를 보내 와 답시를 구하기에 지어 보낸다.酬洪鹿門慶臣送詩求和」고 제題한 칠언절구 7수의 원운原韻「녹문 홍경신이 화답을 구한 시 원운을 붙이다附洪鹿門求和詩」는 3수밖에 수록되지 않고, "원고가 찢어져 남은 것은 이 3수뿐이다.本草裂破 所存只此三首."라고 협주夾註되어 있는가 하면, 같은 칠언절구「본 절구에서 불러준 운자를 따라 지었으나, 여러 작품을 잃어버렸다.次本絶句呼韻 而諸作失」는 등의 협주에 의하면 양란兩亂에 의한 일실은 물론, 오랜 환로宦路 및 잦은 이거移居로 작품이 알뜰히 정리되지 못한 듯하다.

한편 선고先考 남촌南忖 이거의 시로 유추되는 작품이 11제 15수나 수록되어 있다. 이는 물론 명기明記된 자료에 의한 단정은 아니다. 다만 시의 내용 가운데 나타난 시대나, 인명人名 등을 고려할 때 선고 이거와 관련이 깊다고 본 듯하다. 물론 과거시험 급제자를 기록한 사마방목司馬榜目 등도 참조했을 것이다. 나머지 작품 가운데도 지인知人들이 답시를 요구한 원시原詩가 부원운附原韻이란 제목으로 여러 편 수록되어 있으므로, 사실상 순수한 속소당 작품은 72제 125수 남짓으로 사료된다.

　이제 속소당의 72제 시를 주제 유형별로 살펴보면 교우관련 시가 약 30제로 가장 많은 편이며, 은거隱居 한정閑情의 시편이 8제, 그리고 역시 양란으로 말미암은 우국憂國(7제), 사례시謝禮詩(6제), 효孝와 가족애에 이은 사향시思鄕詩, 인사시人事詩 기타 순으로 구성되어 있다.

　한 작가의 평가는 유작遺作의 많음에 앞서 작품의 질이 숙고될 일일 것이다. 이에 지면이 허락하는 범위에서 작자의 삶과 시적 특질을 몇 수 작품을 통해 음미하기로 한다.

　먼저 국란에 처한 당시 지식인들의 고뇌를 읊은 우국의 충정을 예시하면,

飄零湖海安吾分	강호를 떠돌며 지냄은 내 분수거니와
時事如斯歎奈何	시국이 이와 같으니 탄식한들 어쩌랴.
與客論文論不細	객들과 함께 대책을 논하나 제각각이니
家人莫道酒不多。	집안사람들아, 술이 부족타 말하지 말라.

〈粟蔬堂集·偶吟〉

와 같다. 이는 필경 당시 분분하던 국론의 시시비비가 의리와 현실론으로 어쩔 수 없는 간극이 쟁론거리일 수밖에 없었을 터이고, 따라서 비분을 술로 달랠 수밖에 없었을 수한愁恨을 말 밖의 여운으로 남겼다.

　한편, 가족 간의 사랑을 읊은 시의 「맑게 갠 밤 동림산에서 옥랑 권대제를 생각하며」에서는

紫桐花下昔棲遲　　옛날 보랏빛 오동꽃 그늘에서 한가롭게 지내면서
鳳質鸞姿學幼儀　　봉황과 난새 같은 자네 어려서부터 의범을 배웠지.
一去不來山寂寂　　한 번 가고 다시 돌아오지 않으니 온 산 적막한데
夜深新月掛空枝。　밤 깊자 눈썹달만 을씨년스레 나무 가지에 걸렸네.

〈栗蔬堂集·桐林霽宵有懷權玉郎〉

라고 봉황 같은 자질과 난새 같은 품자를 지닌 손서孫壻의 올곧은
인품을 기리며, 그리우나 만날 수 없는 별리의 쓸쓸한 정을 '깊은
밤 나뭇가지에 걸린 을씨년스런 눈썹달의 스산한 모습에 비유한
청초한 정조'는 실로 참신하기만 한 것이 아니라, 무궁한 여운을
전하고 있다.

　뿐만 아니라 당대의 대표적 수사법이자, 비평의 준거였던 용사
用事 역시 이백李白과 두보杜甫는 물론, 소동파蘇東坡, 왕휘지王徽之 등
다양하다. 두보의 「복거卜居」를 차운한 「차두공부복거운次杜工部韻卜
居韻」은 물론, 「좌랑의 운을 차운하다次佐郎韻」2수 중 그 2에서는

市遠家貧供草草　　시장이 멀고 집이 가난해 차린 음식 초라하니
佳賓難與暫時留　　귀한 손님 잠시나마 머무르게 하기조차 어렵네.
尋眞莫疑蓬萊島　　신선 쫓아 봉래산에 온 것 의심치 말라
返棹還如雪夜舟　　눈 내린 밤 배 돌려 돌아간 왕휘지 같네.
…下 略…　　　　…하　략…

〈栗蔬堂集〉

의 전 1·2구는 두시 「빈지賓至」의

… 前 略 …　　　… 전　략…

花徑不曾緣客掃　　꽃길을 일찍이 손님 위해 쓸지 않다가

蓬門今始爲君開　　이제사 비로소 그대를 위해 열었다오.

盤飧市遠無兼味　　저자가 멀어 소반의 찬은 갖추지 못했고

樽酒家貧只舊醅　　집이 가난해 술은 전전에 거른 것이라오.

… 後 略 …　　　… 후　략…

〈杜詩諺解12〉

를 의양한 것이요, 3·4구는 왕휘지王徽之가 눈 내린 밤 맑게 개자, 문득 벗 대규戴逵가 생각나 배를 저어 섬계剡溪로 벗을 찾아 갔다가 집 앞에 이르러 홍이 다하자, 만나지 않고 돌아 온 고사*를 용사하되 재창조한 예다.

　이상의 몇 편 예시는 전혀 대표작으로 가린 것이 아니라, 주제의 유형 및 용사의 실례를 보이므로 속소당의 작시 경향을 예시하고자 한 것이다. 간략한 평전과 충분치 못한 작품으로 일견한 소견을 요약컨대 속소당의 학문學問 및 출사出仕 및 은거의 기본 이념은 철저한 정통 유가儒家의 실천이었으며, 문학 역시 성정순화를 목표로 한 재도론자다. 당시 풍미하던 강서시파江西詩派의 전고典故 조탁彫琢 일색, 혹은 삼당三唐의 위미萎靡 염려艶麗를 일탈한, 어쩌면

---

* 王徽之傳：晉王徽之 嘗居山陰, 夜雪初霽 月色淸朗 四望晧然 獨配酒詠左思招隱詩, 忽憶戴逵, 逵時在剡. 篇夜乘小船詣之. ---造門不前而返. 人問其故, 徽之曰"本乘興而來 興盡返 何必見安道耶"〈晉書 八十, 王徽之傳〉 이를 용사한 이규보는 「子猷訪戴」에서 "눈 내린 剡溪로 벗을 찾는 운치여, 문득 만나 마주 보고 웃으면 그만. 홍이 다해 돌아갔다 말하지 말게, 문전에서 돌아가나 뜻은 도려 무궁해訪人情味雪溪中 若便相逢一笑空. 莫道興闌廻棹去 造門直返意無窮"〈三韓詩龜鑑·中〉 참조

사림파적 경건성은 더 많은 유작을 기다리게 한다. 모쪼록 조선祖先을 기리고자 하는 후예의 숭고한 뜻이 문세問世될 것은 물론, 이를 계기로 더욱 알뜰한 유작들이 발굴되기를 기대한다.

2011년 10월
동국대학교 국어국문학과
명예교수 金甲起

목차

Ⅱ. 속소당粟蔬堂의 시 가운데 선친 남촌南村 이거李蕖의 시로 추정되는 작품

I.

속소당粟蔬堂의 시詩

粟蔬堂 李文夐 漢詩集

閑坐偶成[1]

한가로이 앉았다 문득 떠오른 생각을 시로 옮기다

有限樽中酒
無窮心上愁
愁來酒不到
白髮空[2]添頭。

유한有限한 술잔 속의 술
무한無限한 마음속의 근심
근심이 찾아왔는데 술이 오지 않아
공연스레 흰 머리 늘어만 가네.

---

1 偶成(우성): 우연히 일어나는 생각, 혹은 문득 떠오른 감상(感想)을 글로 옮기다.
2 空(공): 부질없이, 헛되이.

在湖西¹用前韻

호서湖西에서 앞의 운을 써서 짓다

湖西星換²累
漢北日望愁
時事³逢人問
人人多掉頭。

호서로 옮겨온 지 여러 해가 지났는데
한강 북쪽은 날마다 바라보나 근심뿐일세
만나는 사람들에게 나랏일을 물으면
사람들마다 모두 머리만 절레절레.

* 이 시는 속소당(粟蔬堂)이 병자호란이 지난 후
충청도 서산(瑞山)으로 이거(移居) 했을 때 지은 것으로 추측됨.

---

1 湖西(호서): 충청남북도의 통칭. 호서란 말의 유래에 대하여 여러 가지 이설(異說)이 있다.
2 星換(성환): ① 별자리가 옮겨감. ② 세월이 바뀜.
3 時事(시사): ① 그 당시에 일어난 일. ② 작금(昨今)에 생긴 일

偶成

문득 떠오른 생각을 시로 읊다

達則功名否則山

不須虛老是非間

夕陽天末[1]蒼茫[2]外

雲自無心[3]水自閑。

영달榮達하면 공명功名을 얻고 여의치 않으면 산으로 간다

모름지기 세상의 시비是非 속에 헛되이 늙진 말아야 하네

아득히 먼 하늘 가에 저녁 해는 뉘엿뉘엿

구름은 무심히 흐르고 강물은 한가롭기만 하다.

---

1 天末(천말): ① 하늘 가, 하늘 끝. ② 천제(天際)와 동일.

2 蒼茫(창망): 넓고 멀어서 아득함.

3 無心(무심): ① 마음이 텅 빔. 아무 생각 없음. ② 사심(邪心)이 없음. ③ [불교] 물욕과
속세에 전혀 관심이 없는 경지, 즉 천진(天眞) 본연(本然)에 합한 경지.

用前韻謝人贈酒
앞의 운을 써서 시를 지어 술 보낸 이에게 감사함

三杯消萬斛[1]
於世有何愁
如今[2]飲君酒
綠髮[3]再生頭。

석 잔 술이 만 섬의 근심도 녹이는데
세상에 무슨 근심이 있으랴
지금 그대 보내 준 술을 마신다면
검은 머리 또 다시 나겠구려.

---

1 斛(곡): 〈휘〉; 곡식을 되는 그릇의 하나. ① 열 말(斗)의 양. ② 스무 말 또는 열 닷 말이 듦.
2 如今(여금): 방금(方今), 이제, 지금.
3 綠髮(녹발): ① 윤이 나는 검고 아름다운 머리. ② 젊은 사람의 머리.

次贈山人

산 사람에게 주다

戊寅[1]秋余宰溫陽時任使[2]少[3]釋聞余流寓[4]東林村來獻黑
葡萄紅柿子以舊情也新昌[5]在側感作一絶余亦次贈[6]。

무인戊寅년 가을에 내가 온양溫陽 군수郡守로 잠시 임용任用되었을 때,
산 사람山人이 내가 동림촌東林村에 와 우거寓居한다는 소문을 듣고 흑
포도와 홍시를 보내 주었다. 옛 정을 잊지 못한 까닭이다. 신창현新昌
縣은 가까이에 있고 느낀 바 있어 한수 지었기로 나 또한 그의 운韻을
따라서 한 수 지어서 주노라.

---

1 戊寅(무인): 무인년은 인조(仁祖) 16년(1638)으로 속소당의 말년(末年)에 해당함.
2 任使(임사): 임용(任用). 임무를 부여하여 부림. 관리로 등용함.
3 少(소): 잠시, 잠깐.
4 流寓(유우): 유랑 끝에 타향에서 삶.
5 新昌(신창): 지금 충청남도 아산시 신창면(新昌面)임.
6 제목 〈차증산인(次贈山人)〉 아래의 「무인추…(戊寅秋…)」 이하는 〈병서(並序)〉에 해당하
  는 부분으로 보아야 할 것이다. 〈병서〉는 시(詩)를 짓게 된 동기(動機)나 배경(背景)을 설
  명하고 있어서 시의 내용과 밀접한 관계를 가지고 있다.

仙果⁷昔僧遺
取看揩⁸病目
漆丹⁹不改前
爾我¹⁰頭俱白。

옛 스님이 귀한 과일을 보냈는데
병든 눈을 비비고 가져다 보니
검고 붉은 빛 예전과 다름없는데
너와 나 모두 머리만 희어졌구나.

---

7 仙果(선과): ① 싱그러운 맛이 있는 이상한 열매. ② 복숭아의 이명(異名).
8 揩(개): 문지르다. 닦다. 긁다.
9 漆丹(칠단): 젊고 붉은, 윤택한 빛깔.
10 爾我(이아): 너와 나.

次歸字韻
귀歸자 운을 따라 짓다

無喜多憂詠賦歸
故園[1]回首遠山微
若得塵黃[2]充酒瓮[3]
不須衣白[4]叩柴扉[5]。

기쁜 일 없고 근심만 많으니 시를 읊조리며 돌아간다
머리를 돌려 고향 쪽을 바라보니 먼 산은 희미하다
만일 세상 근심 만나거든 먼저 술 단지를 가득 채워 놓을 일
술 심부름 하는 아이가 사립문을 두드리게 하진 말아야지.

---

1 故園(고원): 고향.
2 塵黃(진황): 진(塵)은 진세(塵世), 곧 속세(俗世)를 말하고 황(黃)은 현황(玄黃), 즉 말이 누
　렇게 병든 것을 뜻하니, 세속의 번뇌(煩惱)를 말한다.
3 酒瓮(주옹): 술 단지.
4 衣白(의백): ① 백의인(白衣人): 심부름하는 아이(종) ② 중국에서 옛날 천한 일을 하는
　사람에게 흰 옷을 입혔음. ※고사에 보면 진나라 도연명이 술이 없어서 집밖에 나가 슬
　픈 표정으로 서 있는데 흰 옷을 입은 사람이 찾아오는 것을 바라보니 친구 왕홍(王弘)이
　술을 보낸 사자였다.
5 柴扉(시비): 사립문.

子涵[1]簡面每稱余僉知今世多僉知之號余偶吟

자함子涵이 편지의 앞면에서 매양 나를 첨지僉知라 부르는데
지금 세상에 첨지란 호칭이 많아 문득 시로 읊노라

樞府[2]如今常漢職[3]

溫陽自古顯人官
強題簡面[4]僉知宅
貴賤雷同[5]不欲觀。

중추부 첨지中樞府僉知는 지금은 상인常人의 직책이요
온양 군수는 예로부터 현달顯達한 사람의 벼슬일세
억지로 편지의 앞면에 첨지 댁이라 쓰는데
귀천貴賤을 혼동하는 모습 보고 싶지 않구나.

---

1 이징(李澄): 1581(선조 14)~?. 조선 중기의 화가. 본관은 전주(全州), 자는 자함(子涵)이다. 16세기 대표적인 문인화가 이경윤(李慶胤)의 서자(庶子)이다. 부(父) 이경윤은 인종과 광해군 사이에 생존한 사대부 화가로 성종의 11번째 왕자인 이성군(利城君) 이관(李慣)의 종증손이다. 시화(詩畵)에 능하였고 동생 영윤(英胤)과 두 아들, 그리고 서자인 징(澄) 모두 그림에 능하였다. 30년 연상인 절파풍(浙派風)의 대가 김시(金禔)와 교유하면서 그 화풍의 영향을 받았다. 16세기 후반 조선 중기 화단에 가장 큰 영향을 끼친 화가이다. 자함(子涵)은 화원으로 주부를 지냈다. 허균(許筠)은 그를 가리켜 산수·인물·영모(翎毛)·초충(草蟲)에 모두 능하여 이정(李楨) 사망 후에 '본국제일수(本國第一手)'라 평하였다. 대표적으로 〈연사모종도(煙寺暮鐘圖)〉, 〈이금산수도(泥金山水圖)〉, 〈노안도(蘆雁圖)〉 등이 국립중앙박물관, 간송미술관에 소장되어 있다.
2 中樞府(중추부): 조선시대 종1품의 관청임. 특정한 관장사항이 없이 문·무의 당상관(堂上官)으로 소임이 없는 사람을 소속시켜 대우하던 기관. 중추부에는 8명의 첨지중추부사(僉知中樞府事)가 있는데 이들은 정3품(正三品)의 당상관이다. 속소당이 사헌부장령(司憲府掌令)과 온양 군수를 지낸 후 첨지중추부사로 승진하였다.
3 常漢職(상한직): 상사람의 직책.
4 強題簡面(강제간면): 강(强)은 억지로, 간면(簡面)은 편지, 제(題)는 첫머리에 쓴다.
5 附和雷同(부화뇌동): 일정한 견식이 없이 남의 말에 찬성해 같이 행동함.

庚辰春[1]第二孫專伻[2]以問且送美酒

경진庚辰년 봄에 둘째 손녀가 사람을 보내어 문안하고
또 좋은 술을 보내오다

送汝于家[3]心若失
星來[4]始識做工勤
喜中又得忘憂物[5]
春興陶陶[6]滿室芬。

너를 시집보내고 마음 한구석이 늘 무언가 잃은 것 같더니
세월이 지난 후에 비로소 네가 가사에 부지런한 것 알겠구나
기쁜 가운데 또 술을 얻으니
봄 흥취가 도도陶陶하고 방 안은 술 향기로 가득하다.

---

1 庚辰春(경진춘): 1640년, 인조(仁祖) 18년(82세).
2 專伻(전팽): 어떤 일을 위하여 일부러 사람을 보냄.
3 于家(우가): 우귀(于歸)와 같은 뜻으로 처음으로 시집 가는 일.
4 星來(성래): 성(星)은 세월을 뜻하는 말로 세성(歲星)은 12년에 하늘을 한 바퀴 돌아 찾
  아오고 서리(霜)는 매년 내리므로 곧 세월이 다가옴을 말한다.
5 忘憂物(망우물): 술에 대한 이칭(異稱).
6 陶陶(도도): ① 화락(和樂)한 모양. ② 양기(陽氣)가 성한 모양. ③ 도도올올(陶陶兀兀): 술
  에 거나하게 취(醉)한 모양.

奉謝敏師遠訪

민선사敏禪師가 멀리서 찾아왔기에 사례함

午睡[1]初驚白日低
有僧來訪自湖西
可憐不遠慇懃[2]意
欲謝難將一筆題。

낮잠에서 깨어나니 해는 나직이 서산에 기울었는데
한 스님이 호서湖西로부터 찾아왔네
고맙구나, 먼 길 멀다 여기지 않고 나를 찾아준 은근한 정
막상 사례하려 하니 시 한 수로 감사의 뜻 표현하기 어렵구나.

---

1 午睡(오수): 낮잠.
2 慇懃(은근): 은밀하게 정이 깊음. 정성되고 다정함.

謹奉權碩士經其
삼가 큰 선비 권경기權經其에게 드리다

音信[1]相違[2]久不連
世間人事苦難全
時勢[3]又逢蓬轉[4]日
一樽重與在何年。

소식消息이 막히어 오랫동안 서로 연락이 끊기었는데
세상살이 모두 온전키 어려우니 고통스럽구려
시세時勢 또한 마른 쑥대가 바람에 불리듯 정처 없으니
어느 해 다시 그대와 더불어 한 잔 술을 나누랴.

---

1 音信(음신): ① 소식. ② 편지.
2 相違(상위): ① 서로 어긋나다. 서로 틀리다. ② 위(違)는 '멀리하다', '소원(疏遠)해지다'
 의 뜻이 있음.
3 時勢(시세): ① 그때의 형세. ② 세상 형편. ③ 시대의 추세(趨勢).
4 蓬轉(봉전): 쑥대가 뿌리 채 뽑혀 이리 저리 굴러다님.

庚辰八月初三日吳玉郎斗憲[1]委送女奴
以問衰病感吟一絶酬謝厚眷

경진庚辰년 8월 초 3일에 오吳씨 낭자郎子 두헌斗憲이 계집종을 보내와
문병問病하기로 감격하여 시 한 수를 읊어 두터운 은혜에 감사하다

德山[2]德意聞兒報
盤谷[3]盤桓[4]降我心
誰知蘭室[5]相歡重
自是[6]萱堂[7]鍾愛[8]深。

덕산德山의 덕스런 뜻을 아이가 전하니
반곡盤谷에서 서성이며 내 마음을 가라앉히네
난실蘭室에서 서로 기뻐함을 그 누가 알랴
진실로 어머님의 사랑이 깊겠구려.

---

1 吳斗憲(오두헌): 해주인(海州人), 벼슬은 필선(弼善/ 세자 시강원 소속, 정 4품). 속소당의 둘째 손서(孫壻).
2 德山(덕산): 경기도 안성군 대덕면(大德面) 일대를 가리키는 말. 대덕산(大德山)이라 칭하기도 하는데 해주(海州) 오씨(吳氏)가 여러 대에 걸쳐 살았다 함.
3 盤谷(반곡): 양성현(陽城縣). 일명 적성(赤城)의 서쪽으로 25리 사이에 있음. 현재 안성(安城)시 양성면임.
4 盤桓(반환): 서성거리다. 방황하다.
5 蘭室(난실): ① 선인(善人) 또는 미인(美人)의 거실(居室). ② 부녀자의 침실.
6 自是(자시): ① 당연히. ② 이로부터, 이제로부터, 금후로는.
7 萱堂(훤당): 남의 어머니에 대한 높임말.
8 鍾愛(종애): ① 사랑을 모음. ② 몹시 귀여워함.

初五日吳郞酬答送以詩初七日
余感吳君示意勤至以題素懷

초 5일에 오욱씨 낭자(郎子)가 응답(應答)하여 시를 지어 보냈는데
초 7일에 내가 오욱군이 정중하게 자기 뜻을 보여 준 것에 감동하여
평소의 내 생각을 시로 짓다

盤旋[1]那有韓愈[2]壯
蓬轉曾無李愿[3]心
某樹某邱是吾植
徜徉[4]惟喜窈而深。

반곡(盤谷)에서 배회하는 나에게 어찌 한유(韓愈)의 장(壯)한 뜻 있었으랴
정처없이 떠도는 몸이라 이원(李愿)의 유유자적(悠悠自適)한 마음도 없었지
어느 언덕의 나무 한 그루도 모두 내 손수 심은 것인데
이곳을 어슬렁거리며 기뻐하니 내 사는 골짜기 그윽하고 깊기만 하네.

---

1 盤旋(반선): ① 빙빙 돎. ② 이리저리 돌아다님.
2 韓愈(한유): 중당(中唐)의 문호. 자는 퇴지(退之). 창려선생(昌黎先生)으로 불렸으며 유종
원(柳宗元)과 함께 고문(古文) 부흥에 앞장 섬. 당송팔대가(唐宋八大家)의 한 사람.
3 李愿(이원): 한유(韓愈)가 정원(貞元: 당나라 덕종의 연호) 17년에 지은 〈송이원귀반곡서
(送李愿歸盤谷序)〉의 각주(脚註)에 보면 동시대에 은자(隱者) 이원과 서평왕(西平王) 성자
(晟子) 이원이 있었는데 여기서는 전자(前者)를 가리킨 듯함. 이 글의 내용을 살펴보면
첫머리에서 태행산(太行山)의 남쪽에 반곡(盤谷)이라는 곳이 있는데, 물이 시원하고 땅
이 비옥하고 초목이 무성하여 거민(居民)이 적고 양산(兩山)이 에워싼 골짜기라 은자가
거처할만한 곳인데 내 친구 이원이 살고 있다 하였다.
4 徜徉(상양): 어슬렁거리다. 생각에 잠겨서 이리저리 거닐다.

七政第四⁵分吳野
八龍⁶無雙識道心
聚會德星⁷當五百
始知天意此中深。

북두성의 넷째 별자리는 오吳나라 땅을 나누었고
짝이 없는 걸출한 여덟 아들 도심道心을 알았구려
사방에서 모여든 어진 선비 오백 명에 이르니
비로소 하늘의 뜻이 여기에 있음을 알겠노라.

---

5 七政(칠정): ① 북두칠성의 7개 별은 각각 맡은 일과 지방(地方)이 있다. 구설(舊說)에 의
하면 모든 봉국(封國)은 하늘의 별자리와 상응(相應)하여 갈라져 있다고 보았다. 여기서
도 오씨의 성씨와 관련하여 말한 듯하다. ②〈사마법(司馬法)〉, 전국(戰國)시대 제(濟)나
라 장수인 사마양저(司馬穰苴)의 병법 중에서 인(人), 정(正), 사(辭), 교(巧), 화(火), 수
(水), 병(兵)을 칠정이라 하는데, 제4인 교(巧)는 교계(巧計)에 해당한다.
6 八龍(팔룡): ① 복희(伏羲)씨의 형제 8인. ② 고양(高揚)씨의 재자(才子) 8인. ③ 순숙(荀
淑)의 아들 8인.
7 德星聚(덕성취): 현인이 모임. 후한(後漢)때 진식(陳寔)이 조카들과 순숙(旬淑)의 집에 갔
는데, 태사가 덕성(德星)이 모이는 징조가 있으니, 반드시 현인이 모이리라고 상주(上奏)
했다는 고사(故事)가 있다.

曾聞種德家山⁸美
今見吾君錦繡心⁹
酬贈詩篇無俗韻¹⁰
一唱三嘆¹¹悟機深。

일찍이 들으니 덕을 심은 가문家門은 아름답다 하는데
지금 그대의 비단결 같은 고운 마음을 알았노라
주고받은 시편들은 속기俗氣가 없고
한 번 읊고 세 번 감탄하니 그대의 깨달음 깊기만 하네.

---

8 家山(가산): 고향(故鄕), 가향(家鄕).
9 金心繡腸(금심수장): 비단같이 아름다운 마음과 고운 말. 즉, 시가·문장에 능하여 아름다운 글귀가 거침없이 나오는 일. '글 재주에 빼어난 사람'을 가리키는 말.
10 俗韻(속운): 야비한 곡조, 속된 노래.
11 一唱三嘆(일창삼탄): ① 종묘의 제사에 음악을 연주할 때 한 사람이 선창하면 세 사람이 이에 따라 부르는 일. ② 시(詩) 따위가 잘 된 것을 칭찬하는 말.

搏擊[12]孤高[13]多義氣

招邀[14]賓客少蓬心[15]

老幼不遺[16]無所失

百年知遇[17]儘情深。

힘차게 나래치고 높이 솟아오르니 의로운 기개氣慨 넘치고

어진 손님 초대超待하여 맞아들이니 굽은 마음 없도다

노인과 젊은이 서로 삼가고 양보함 잊지 않아 실수失手한 것 없으니

평생의 지기知己를 만나 깊은 생각을 마음껏 토로吐露하노라.

---

12 搏擊(박격): 냅다 후려침. 박(搏)은 '날개치다/해치다'의 뜻임.

13 孤高(고고): 홀로 초연(超然)한 모양.

14 招邀(초료): 초청하여 맞아들임.

15 蓬心(봉심): ① 활달하게 펴지 못한 마음. ② 욕심으로 어두워진 마음. ③ 곡사(曲士).

16 不遺(불유): 유(遺)는 '잊다'의 뜻. 〈공자가어(孔子家語)〉에 「長幼無序, 而遺敬讓」이란
   말이 있다. 즉, 삼가고 양보하는 마음을 잊기 쉽다는 뜻이다.

17 知遇(지우): 학문·인격·재능 따위를 인정받아 후(厚)한 대접을 받는 일.

墙外徘徊[18]難入室

胸中鄙陋[19]願薰心[20]

開軒倘[21]下陳蕃[22]榻

酬盡平生趣向深。

담장 밖에서 빙빙 도니 방안에 들어오기 힘들고

흉중胸中이 더러우니 인자仁慈한 마음 갖기 원하네

집안 문을 활짝 열어놓고 어진 인물 맞아들인다면

평생의 은혜에 보답하여 정의情意는 깊어질 것이네.

---

18 徘徊(배회): 어느 곳을 중심으로 어슬렁거리며 이리저리 거닐어 다니는 것.

19 鄙陋(비루): 마음이 고상하지 못하고 하는 짓이 더러움.

20 薰心(훈심): ① 마음을 괴롭힘. ② 애를 태움. ③ 마음을 인자하고 온화하게 하다.

21 倘(당): 혹시, 아마.

22 陳蕃(진번): 후한(後漢) 말기의 명사(名士)인 진번이 예장 태수(豫章太守)로 왔을 때 남창인(南昌人) 서치(徐穉)만을 초대하여 특별히 마련한 의자에 앉게 하였는데, 그가 돌아가면 의자를 매어 달아 두었다고 함.

植物雖微殊好惡
池蓮階竹捴[23]虛心
虛心長[24]作閑中伴
風雨前川洞府[25]深。

식물은 미물微物일지언정 좋아하는 것과 싫어하는 것 분명하고
연못 속의 연꽃과 섬돌 앞의 대竹는 모두 마음을 비웠네
허심한 연죽蓮竹은 긴 세월 한정閑靜 중에 나의 짝이 되었으니
앞 내川에 비바람 몰아쳐도 내 집은 깊고 고요하기만 하다.

---

23 捴(총): 모두, 다.
24 長(장): 길이, 오래도록, 늘.
25 洞府(동부): 마을, 동네.

世路²⁶多人無與會
年來作事不如心
昔時²⁷漁釣今飄蕩²⁸
鶴髮星星²⁹歲月深。

세상 길世路에 사람 많으나 어울릴 사람 없고
몇 년간 이루어진 일들이 내 뜻과 사뭇 다르다
지난 날 고기 낚든 손, 지금은 부평초浮萍草 신세
머리만 희끗희끗 세월만 깊었노라.

---

26 世路(세로): ① 세상에서 살아가는 길. ② 행로(行路).
27 昔時(석시): 옛날, 옛적.
28 飄蕩(표탕): ① 흔들림. ② 유랑(流浪)함. 영락(零落)함.
29 星星(성성): ① 머리털이 히뜩히뜩한 모양. ② 잔 것이 드문드문 흩어져 있는 모양.

附吳郎韻

오못씨 낭자郎子의 시를 첨부함

南極老星[1]垂盤谷
百年今日李愿心
函來一札[2]淸詩在
再拜先生德意深。

남극의 노인성老人星이 반곡盤谷에 비추니

백 년을 하루같이 이원李愿의 마음 가졌네

보내온 편지 속에 맑은 시 들어 있어

선생께 재배再拜하고 음미吟味하니 덕스런 뜻 깊구나.

---

1 南極老星(남극노성): ① 남극성(南極星) ② 남극노인성(南極老人星), 인간의 수명 연장을
주관하는 별. 나라에 노인성(老人星)이 비치면 장수하는 노인이 많다고 함.
2 函(함)/札(찰): 모두 편지, 즉 서찰(書札)을 일컫는 말.

次第二孫寒食絶句韻
둘째 손자의 한식寒食을 읊은 절구絶句 시의 운을 따서 짓다

南北東西無定處
又逢寒食[1]海西天
可憐今日其須記
風雨崇禎[2]十四年。

동서남북 사방으로 정처 없이 헤매다

해서海西의 하늘 아래에서 또 한식寒食 날을 맞았네

가련한 오늘을 마땅히 기억해야 하리

거센 비바람 속의 숭정崇禎 14년을.

1 寒食(한식): 동지로부터 105일째 되는 날. 4월 5,6일째임.

2 崇禎(숭정): 명(明)의 사종(思宗) 장열제(莊烈帝) 주유검(朱由檢)의 연호(年號, 1628-1644). 조선(朝鮮)왕조, 인조(仁祖) 6년부터 22년까지 해당됨. 이는 청(淸)의 천총(天聰) 2년부터 숭덕(崇德) 8년에서 순치 1년까지인데, 숭정 14년은 1641년 신사(辛巳) 인조 19년이다. 이 기간 명·청 양국이 병존(並存)하였다.

冬日炙背
겨울 햇볕에 등을 쬐다

窮陰[1]愛日[2]轉如輪
招集兒童暖欲均
終朝[3]炙背同重襲
自喜吾家別有春。

엄동^{嚴冬}에 겨울 해가 수레바퀴처럼 옮겨가니
아이들 불러모아 놓고 따스함을 골고루 나누려 하네
아침 내내 햇볕에 등을 쬐고 동아리 지어 거듭 쬐니
기쁘다, 우리 집에 유별난 봄이로세.

---

1 窮陰(궁음): ① 엄동(嚴冬). ② 겨울의 마지막.
2 愛日(애일): 겨울 해.
3 終朝(종조): ① 아침 내내. ② 새벽부터 조반(朝飯)까지.

又

거듭하여 짓다

簷前初幸映紅輪
炙背還思暖不均
我願皇天⁴無物我⁵
洪鈞⁶轉處共陽春。

처음엔 처마 끝에 붉은 해 비춰 다행으로 여겼더니
햇볕에 등을 쬐다가 따뜻한 기운 고루 나누지 못할까 걱정하네
원하옵건대 하늘은 나와 외물外物을 구별함 없이
조물주가 옮겨가는 곳마다 양춘의 기운 함께 누리게 하소서.

---

4 皇天(황천): ① 상제(上帝). ② 하늘을 주재(主宰)하는 신.
5 物我(물아): ① 물건과 나. ② 외물(外物)과 자아(自我).
6 洪鈞(홍균): 조물주(造物主), 천지만물을 지으시는 신. 여기서는 국가의 권력을 상징하
  는 듯함.

敬次城主韻
삼가 성주城主의 운을 따라서 짓다

寓月屈里得聞城主七言絶句一首
病廢中喜奉城主瓊什[1]珍玩[2]
口誦不已[3]忽[4]聞城主因事棄官之
奇驚歎萬萬敢拾荒拙[5]以申區區[6]。

월굴리月屈里에 우거寓居하고 있었는데 성주城主의 칠언절구 한 수首를 얻어 듣고 병중에 기쁜 마음으로 성주의 시편을 받들고, 진기珍奇하게 여겨 입속으로 소리 내어 끊임없이 외었다. 갑자기 성주께서 사정이 있어서 벼슬에서 물러난다는 소문을 들었다. 몹시 놀라 탄식하며 감히 황졸荒拙한 생각을 주워 모아서 용렬한 내 심경을 펼쳐 보이노라.

---

1 瓊什(경십): 《시경(詩經)》의 〈아(雅)〉, 〈송(頌)〉을 열(什) 편씩 엮은 것을 비유하여 〈시편〉을 가리키는 말.
2 珍玩(진완): 진기하게 여겨 감상하다.
3 口誦不已(구송불이): '구송(口誦)'은 〈소리내어 욈〉, '불이(不已)'는 〈그치지 않다/ 쉬지 않다〉의 뜻. 즉 '입속으로 소리내어 끊임없이 외우다'라는 뜻임.
4 忽(홀): ① 문득, 갑자기. ② 홀연(忽然).
5 荒拙(황졸): 거칠고 어리석음.
6 區區(구구): ① 작은 모양, 근소한 모양. ② 변변하지 못한 마음.

敬聞明府⁷忽思歸
無乃⁸行藏⁹在式微¹⁰
臥病猶知今日事
部民烏鵲¹¹擁朱扉¹²。

태수太守가 갑자기 고향으로 돌아간다 하는데
도道를 행하고 숨는 것은 국운國運이 쇠할 때가 아니겠는가
병석에 누워 지내면서 오히려 요즘 돌아가는 일을 알았는데
이 지방 백성들이 까치 떼처럼 관청 문 앞에 모여 있네.

---

7 明府(명부): 태수(太守), 현령(縣令)을 이름.
8 無乃(무내): ① 차라리, 오히려. ② (어찌) …하지 않은가?/…이 아니겠는가?
9 行藏(행장): 세상에 나가 도(道)를 행하는 일과 숨는 일.
10 式微(식미): 식(式)은 발어사(發語詞), 쇠퇴함. 《시경(詩經)》, 〈식미(式微)〉장을 참조. 패
  (邶)의 여후(黎侯)가 적인(狄人)에게 쫓기어 위(衛)에 기우(寄寓)하고 있을 때, 그 신하가
  귀국을 권유한 시.
11 烏鵲(오작): ① 까치. ② 까마귀와 까치.
12 朱扉(주비): 관청의 문.

喜聞城主以方伯不許辭歸
有嚴教僶俛¹還官再續前韻

도백道伯이 성주城主의 사직辭職을 허락하지 않고 다시 관직에 돌아와
민정民政에 힘쓰라는 엄한 교계教誡를 내렸다는 말을 듣고
기쁜 마음으로 다시 앞의 운을 써서 짓다

輿望²初疑歸不歸

日晡³企待自熹微⁴

忽然⁵去路爲來路

百里今休閉夜扉。

세인世人이 처음엔 돌아갈지 돌아가지 않을지 의심하더니

해질 무렵이 되자 그런 기대도 저절로 희미해졌다

갑자기 가던 길이 돌아오는 길이 되었으니

이제 백리 안에서 밤에 사립문 닫는 일은 없겠구나.

---

1 僶俛(민면): 힘쓰다.
2 輿望(여망): 여러 사람의 기대.
3 日晡(일포): ① 오후 3~5시. ② 저물 무렵, 해 질 때.
4 熹微(희미): ① 햇빛이 흐릿한 모양, 해 질 녘의 햇빛. ② 분명치 못하고 어렴풋함.
5 忽然(홀연): 갑자기, 문득.

附城主韻

성주城主의 시를 첩부하다

太守騎驢[1]醉獨歸
靜庵寺下路還微
山僧何事來牽輿
犬吠烟村竹亞扉[2]。

태수가 나귀를 타고 술에 취해 혼자서 돌아갈 제

정암사靜庵寺 아래에서 길은 또 아슴푸레하다

무슨 일로 산승山僧이 찾아와 내 수레를 끄는가

안개 속에 희미하게 보이는 산촌山村, 사립문 안에서 개 짓는 소리.

---

1 驢(려): 나귀, 당나귀.

2 竹亞扉(죽아비): 죽비(竹扉)는 대를 엮어 만든 문, 아(亞)는 아관목(亞灌木)을 뜻하는 말로 싸리 종류의 관목(灌木)을 말한다. 곧 대나무나 싸리를 엮어 만든 사립문이라는 뜻.

申外孫嵩耇[1]爲月屈里寓處用前韻題贈一絶

외손 신숭구가 월굴리 우거寓居를 찾아왔기에
앞의 운을 써서 한 수 지어 주다

飄蓬[2]未遂故園[3]歸

長[4]向公山[5]慕少微[6]

今夕連床情不極

問君何日再敲扉。

청운青雲의 꿈 이루지 못하고 정처 없이 떠돌다 고향으로 돌아왔네
늘 공산公山씨에게 쓰이길 바라 검약한 처사處士의 삶을 흠모했었지
오늘 밤 침상을 가까이 하니 애틋하고 깊은 정 끝이 없네
그대에게 묻노니 어느 날 다시 내 집 문을 두드릴 건가.

---

1 申嵩耇(신숭구): 본관은 평산(平山). 벼슬은 부사(府使). 부(父)는 정랑(正郎) 신상철(申尙哲)이다.

2 飄蓬(표봉): ① 떠돌아다님. ②일정한 주거(住居)없이 떠돌아다니며 지냄.

3 故園(고원): p.33 주(註) 1 참조.

4 長(장): p.44 주(註)24 참조.

5 公山(공산): 공산불뉴(公山不狃), 춘추(春秋)시대 노(魯)나라 사람이다. 계씨(季氏)의 신하로 노 정공(定公) 5년(B.C. 509)에 비읍(費邑)의 읍재(邑宰)가 되었는데 계씨에게 뜻을 얻지 못하였다. 양호(陽虎)가 공족(公族)인 삼환(三桓), 즉 맹손(孟孫) 숙손(叔孫) 계손(季孫)을 국가의 암적인 존재로 보고 제거하려 하자 이에 호응하여 계씨에게 반기(叛旗)를 들었다. 공자(孔子)는 이때 공산 씨의 부름에 응하려 했는데 이는 그 기회를 이용하여 노나라의 국권을 회복하고 이상적인 정치를 해볼 생각을 가졌던 것 같다. 《논어(論語)》, 〈양화(陽貨)〉편 참조.

6 少微(소미): ① 태미(太微)의 서쪽에 있는 네 별. 소미성(少微星)은 처사(處士)의 자리에 해당된다. ② 작고 미미한 일.

偶吟
문득 떠오르는 생각을 시로 읊다

天邊[1]行雨[2]雲無定
蘆渚窺魚鷺未閒
惟有粟蔬堂[3]上客
北窓晴日對秋山。

하늘가에 비를 뿌리자니 구름도 바쁘구나

갈대 우거진 물가에 물고기 엿보는 해오라기 한가치 못하다

오직 속소당粟蔬堂 위의 한가로운 객만이

맑은 날 북쪽 창가에 앉아 온종일 가을 산을 바라보네.

---

1 天邊(천변): 하늘의 가.
2 行雨(행우): ① 내리는 비. ② 닷새 만에 한 번씩 오는 비.
3 粟蔬堂(속소당): 시(詩)의 작자 이문명(李文蓂)의 당호(堂號)임. 조선 시대엔 양주(揚州)
  의 일운리(一雲里)인 것이 지금은 파주시 조리읍(條里邑) 뇌조리(牢曹里)로 이 곳에 구거
  (舊居)가 있었던 듯하다.

酬洪鹿門慶臣[1]送詩求和

녹문鹿門 홍경신洪慶臣이 시를 보내어
화답을 구하기에 지어 주노라

屢承教示[2]但欲和瓊韻[3]詩思[4]每爲康字所敗終不成腔[5]伏
望[6]休止[7]以安老生。

여러 번 교시教示를 받고 좋은 시로 화답和答하려고 했으나 시상詩想이
매양 강康 자에서 막혀 끝내 성률聲律을 이루지 못했습니다. 엎드려 바
라건대 가르침을 멈추시어 늙은이를 편안케 하십시오.

---

1 洪慶臣(홍경신): 1557년(명종 12년)~1623년(인조 1년). 조선(朝鮮) 중기(中期)의 문신(文臣)
  임. 본관(本官)은 남양(南陽), 자(字)는 덕공(德公), 호(號)는 녹문(鹿門). 선조(宣祖) 27년에
  문과(文科)에 급제. 직제학, 부제학, 우승지, 승지, 대사성을 지냄. 1606년(선조 39년)에
  천추사(千秋使)로 명(明)나라에 다녀옴.
2 教示(교시): 가르쳐 보여줌.
3 瓊韻(경운): 옥 같이 아름다운 문장.
4 詩思(시사): ① 시(詩)를 짓는 재능(才能). ② 시를 짓게 하는 사상과 감정.
5 腔(강): 성률(聲律).
6 伏望(복망): 웃어른의 처분을 삼가 바람.
7 休止(휴지): 머무름, 그침.

新詞欲和㤼於康
詩思還[8]如中酒[9]觴
把筆終[10]難成一句
小窓風雨只銷香。

새 시詩를 지어 화답하려 하니 강康자 운韻이 두렵고
시상詩想 또한 술 취한 듯 몽롱하기만 하네
붓을 잡아도 끝내 시 한 수 이루기 어려운데
돌창 밖에 비바람 불고 아늑한 방안에 향불만 사위어 가네.

---

8 還(환): ① 도리어. ② 또, 다시.
9 中酒(중주): ① 주연(酒宴)이 한창일 때. ② 술에 만취(滿醉)함. 숙취(宿醉)함.
10 終(종): ① 마침내. ② 결국은, 끝내.

老去精神豈自康
每因多病惻盃觴[11]
前宵[12]盡醉[13]心如淡
始覺蘭交[14]晚更[15]香。

늙어가니 정신인들 어찌 강건할 수 있으랴
매양 잦은 병으로 술잔을 대하기도 겁이 난다오
지난밤 술에 진탕 취했지만 마음은 담담淡淡하기만 하니
친구 사이의 우정이 늦게 더욱 향기로움을 비로소 알았노라.

---

11 盃觴(배상): 술잔.
12 前宵(전소): 지난 밤.
13 盡醉(진취): 흠뻑 취(醉)함.
14 蘭交(난교): 뜻이 맞는 친구 사이에 두터운 교분(交分).
15 更(갱): ① 또, 그 위에. ② 더욱, 일층 더.

冷雨侵床氣不康
朝來[16]自酌兩三觴
忽驚剝啄[17]承來敎[18]
復有新詩滿紙香。

차가운 비 기운이 침상에 스며들어 기력도 편안치 못한데
아침 무렵 술 두세 잔을 혼자서 따라 마시었네
문득 문 두드리는 소리에 놀라 보내온 교시敎示를 받으니
거듭 새 시를 지어 보냈는데 종이에 향기가 가득하구려.

---

16 朝來(조래): 아침부터, 아침 일찍부터.
17 剝啄(박탁): ① 방문자의 발자국 소리나 문을 똑똑 두드리는 소리. ② 바둑을 두는 소리.
18 承敎(승교): 가르침을 받다.

滿紙憂時慨不康
寬心寧[19]欲醉壺觴[20]
帝王治亂留靑史[21]
孰爲遺臭孰馨香。

종이에 가득한 시대 걱정에 개탄慨嘆하며 마음 편안치 못한데
근심을 떨치려면 차라리 술에 흠뻑 취해야 하리
제왕의 치란治亂은 길이 청사靑史에 남으니
악취惡臭를 물려주고 향기를 남기는 이 그 누구인가.

---

19 寧(녕): ① 차라리. ② 어찌.
20 壺觴(호상): 술병과 술잔.
21 靑史(청사): 역사(歷史)를 이름. 종이가 발명되기 이전엔 대의 청피(靑皮)에 기록하였으
　　므로 이르는 말.

曾聞微服[22]出遊康
更有瓊宮[23]玉作觴
聖狂[24]千載終難掩
鑑戒[25]昭昭[26]臭與香。

임금께선 미복微服차림으로 거리에서 질탕 노신다 하네
게다가 화려한 궁궐에선 옥으로 술잔을 만든다는데
성왕聖王의 광기는 천 년 후에도 끝내 감추기 어려우니
감계鑑戒는 밝고 밝아서 악취惡臭와 향기를 뚜렷이 구별하리.

---

22 微服(미복): 지위가 높은 사람이 무엇을 살피려고 다닐 때 입는 남루한 옷, 미행(微行)
   할 때의 복장.
23 瓊宮(경궁): 옥처럼 아름다운 궁전.
24 聖狂(성광)이하는 광해(光海)시대에 관련된 일로 추측된다.
25 鑑戒(감계): 경계(警戒)로 삼는 일.
26 昭昭(소소): 밝은 모양, 환하고 또렷함.

萬曆[27]年來四海[28]康
環東一域日携觴
奄[29]聞殂落[30]人皆慟
遏密[31]聲音[32]共設香。

만력萬曆 이래로 천하가 평안하니

동쪽 일역一域에서도 날마다 술잔을 높이 들었네

갑자기 붕어崩御 소식 전해 듣고 사람들 모두 슬퍼하니

나라에선 가무歌舞를 금禁하고 다함께 향을 피우노라.

---

27 萬曆(만력): 명(明) 신종(神宗) 주익균(朱翊均)의 연호(年號).
　※1573년부터 1615년 광해군 7년까지, 1608년 선조(宣祖) 임금의 붕어.
28 四海(사해): 사방의 바다 안이란 뜻으로 '온 세상'을 일컬음.
29 奄(엄): 갑자기, 문득.
30 殂落(조락): ① 죽음. ② 임금의 죽음.
31 遏密(알밀): 국상(國喪)을 당해 음곡(音曲)을 금하고 고요하게 함.
32 聲音(성음): 음악.

附洪鹿門求和詩
녹문鹿門 홍경신洪慶臣의 화답을 구하는 시를 첨부함

[本草裂破所存只此三首]
〔원고가 찢겨 없어져 이 세 수만 남아있다.〕

多[1]君無意濟時康
歸臥巖泉[2]酒一觴
白首爲親營燠室[3]
世間方[4]信有黃香[5]。

그대가 세상을 구救하여 편안케 할 뜻 없어

암천巖泉에 돌아와서 술잔을 벗 삼아 세월을 보내네

백발이 되신 어머님을 위하여 방을 따뜻이 덥히려 힘쓰니

세상에 황향黃香같은 지효至孝 있음을 비로소 알겠노라.

---

1 多(다): 때마침, 마침.
2 巖泉(암천): 바위 틈에서 흐르는 샘물.
3 燠室(욱실): 따뜻한 방.
4 方(방): ① 바야흐로. ② 비로소.
5 黃香(황향): 후한(後漢)때 사람. 9세에 어머니가 돌아가시자 어머니를 생각하는 마음이 지극하여 몸이 바싹 야위었다. 온 힘을 다하여 아버지를 모시고 봉양했는데, 여름에는 침석(枕席)에서 늘 부채질을 하고, 겨울에는 몸으로 잠자리를 덥혀 드렸다고 한다.

芳辰[6]美酒足歡康
秋菊何辭泛羽觴[7]
安分投閑[8]余所願
不求浮世[9]見知香[10]。

좋은 때의 맛있는 술은 마음을 즐겁게 하니
어찌 가을 국화 술잔에 띄우는 것 사양하리오
분수를 지켜 한가롭게 지내는 것 내 바라는 바이니
덧없는 세상에서 지향知香을 만나는 일 구하지 않으려네.

---

6 芳辰(방신): ① 좋은 때. ② 기후나 경치가 좋은 계절, 양신(良辰).
7 羽觴(우상): 술잔.
8 投閑(투한): ① 한지(閑地)의 지방관(地方官)이 됨. ② 한직(閑職)에 있음.
9 浮世(부세): 덧없는 세상.
10 知香(지향): 향에 대하여 잘 아는 사람. 즉 나를 알아주는 사람. 지음(知音)과 같은 뜻.

兩人對酌兩心康
一觴一觴復一觴
商略¹¹督郵¹²風味¹³好
蘭陵¹⁴何必鬱金香¹⁵。

두 사람이 대작對酌하니 두 사람의 마음 편안하다

한잔 한잔 또 한잔

이 술을 품평品評해 보니 맛이 훌륭한데

어찌 꼭 난릉蘭陵의 울금향鬱金香이 필요할까.

---

11 商略(상략): 따져보다. 여기서는 품평(品評)함을 뜻함.

12 督郵(독우): 평원독우(平原督郵)란 나쁜 술을 뜻함. 진(晋) 환온(桓溫)의 하리(下吏) 한 사람이 좋은 술을 청주종사(靑州從事), 나쁜 술을 평원독우(平原督郵)라고 한 고사. 독우는 술을 뜻하는 말.

13 風味(풍미): ① 음식의 고상한 맛. ② 사람의 됨됨이가 멋스럽고 아름다움.

14 蘭陵(난릉): 중국 산동성(山東省)에 있는 지명. 순경(荀卿)이 난릉령을 지냈음.

15 鬱金香(울금향): 백합, 튤립과에 속하는 원예 식물. 꽃으로 울창주(鬱鬯酒)를 빚음.

　※ 이백(李白)의 시(詩) 〈객중행(客中行)〉에 「蘭陵美酒鬱金香, 玉椀盛来琥珀光」이란 시구가 있음.

次本絶句呼韻而諸作失

본 절구에서 불러준 운韻자를 따라서 지었으나
여러 작품을 잃어버리다

自將衰病尋幽僻[1]
十載悠悠[2]臥一雲
今日幸逢遺世[3]客
松陰何必鹿爲群。

쇠약하고 병든 몸을 이끌고 벽촌僻村을 찾아들어
십 년 동안 한가롭게 일운장一雲莊에 누워 있었네
오늘 다행히 진세塵世를 벗어난 그대를 만났으니
하필 장송長松 그늘에 사슴들이 무리지어 모여야 할까.

---

1 幽僻(유벽): 깊숙하고 궁벽함.
2 悠悠(유유): ① 한가롭고 여유가 있는 모양. ② 멀고 아득한 모양.
3 遺世(유세): ① 세상 일을 일체 버리고 돌보지 아니함. ② 세속의 일을 잊어버림.

次進士阜韻

진사 부阜의 운을 따라서 짓다

天姿[1]貿貿[2]是吾眞

行色[3]棲棲[4]何處人

去路東西今莫問

老農知耦不知津。

천품天稟이 어수룩한 것이 나의 참 모습인데

어느 곳 사람이기에 행색行色이 저리도 초조焦燥할까

가는 길이 동쪽인지 서쪽인지 지금은 묻지 마시오

늙은 농부는 농사일은 알아도 나룻터는 모른다오.

---

1 天姿(천자): 타고 난 자질.

2 貿貿(무무): ① 눈이 흐릿하고 어두운 모양. ② 낙심하여 머리를 맥없이 떨어뜨린 모양.

3 行色(행색): ① 길 떠나는 사람의 차림새. ② 행동하는 태도.

4 棲棲(서서): ① 마음이 안정되지 못한 모양. ② 안달하는 모양.

　※〈논형(論衡)〉:「孔子棲棲, 墨子遑遑」

附進士阜求和詩
진사 부阜의 화답을 요구한 시를 첨부함

逐水孤舟[1]爲訪眞
前身[2]曾是武陵[3]人
春深倘許重來約
須泛桃花更出津。

물길을 좇아서 조각배를 노 저어 진인眞人을 찾아가니
전생前生엔 진정 무릉도원武陵桃源 사람이었네
만약 봄 깊어 다시 찾을 약속 허락할 양이면
마땅히 복사꽃 물에 띄워 또 나루터로 흘려보내시오.

---

1 孤舟(고주): 외롭게 떠 있는 배. 고범(孤帆).
2 前身(전신): (불교) 이 세상에 나오기 전 세상의 몸.
3 武陵桃源(무릉도원): 도연명(陶淵明)의 〈도화원기(桃花源記)〉에서 어부가 물길에 떠내려 오는 복사 꽃잎을 따라서 도원경(桃源境)을 찾아갔는데 그 후엔 길을 잃고 다시는 찾지 못했다고 함.

送子女遣懷[1]
자식을 보내면서 회포를 풀다

送女安城送子京
寒齋終日撫垂纓
窓前獨有梅花樹
爲送淸香[2]慰我情。

딸은 안성, 아들은 서울로 떠나보내고
온종일 싸늘한 서재에 앉아 갓끈만 만지노라
창窓 앞의 외로운 매화나무 한 그루
바람결에 맑은 향기 실어 보내 쓸쓸한 내 마음 위로하네.

---

1 遣懷(견회): 회포(懷抱)를 풀다. 견(遣)은 '풀다, 달래다'의 뜻.
2 淸香(청향): 맑고 깨끗한 향기.

外孫申嵩耇脫衰[1]自嶺外來省余

余亦去歲畢喪今見相與摧痛[2]如

初茲寫心懷

외손 신승구가 상喪을 마치고 영외嶺外로부터 나를 찾아왔다.
나 역시 지난해에 상을 끝냈는데, 지금 서로 보고
처음 상을 당했을 때처럼 애통하였다. 이에 심회를 글로 쓰다

我失慈天[3]汝失嚴

兩家凶禍慘相兼

今來[4]慰省何言復

只有潸然[5]滿雪髥。

---

1 脫衰(탈최): 상(喪)을 마치다. 즉 삼년 복(服)을 벗다.

2 摧痛(최통): 슬퍼하다. 애통하다.

3 慈天(자천): ① [불교] 서방(西方)의 하늘. ② 서쪽 첫 번째 별자리인데 그 이름이 방(房)
이다. 방(房)은 아내의 별자리이고 자천(慈天)에 속한다. 〈법원주림(法苑珠林)〉

4 今來(금래): ① 지금, 고왕금래(古往今來). ② 지금 이후에.

5 潸然(산연): 눈물이 줄줄 흐르는 모양.

나는 아내를 잃고 너는 엄부(嚴父)를 잃었구나
양쪽 집이 흉사(凶事)로 참담(慘憺)한 모습일세
지금 와서 무슨 말로 다시 위로 할까
단지 하염없이 흐르는 눈물이 흰 수염을 흥건히 적시노라.

* 속소당의 배(配) 파평 윤씨(坡平 尹氏)는 동갑(同甲)으로 명종 13년(1588) 무오(戊午)에
  낳아 인조 19년(1641) 신사(辛巳)에 향년(享年) 84세로 졸(卒)하였다. 이 시가 써진
  것은 그 다음해인 인조 20년(1642) 임오(壬午)이니 속소당이 85세 되는 해이다.

江陵府伯睦令公[1]大欽寄書惠魚用
前日相和濃字韻以謝珍重厚意

강릉 부사 목대흠睦大欽[2] 영공令公이 편지와 함께 생선을 부쳐 왔기에
전날 화답和答한 농濃자 운을 써서 진중珍重한 후의厚意에
감사하는 뜻으로 한 수 짓다

人間隨處九疑峰[3]
事事無非歎不容
最是鴒原[4]各千里
日邊天末暮雲濃。

---

1 令公(영공): 중서령(中書令)에 대한 존칭.

2 睦大欽(목대흠): 1575(선조8)년~1638(인조16)년. 조선 중기 문신(文臣). 본관 사천(泗川), 자는 탕경(湯卿), 호(號)는 다산(茶山), 죽오(竹塢). 이조참판 첨(詹)의 아들. 1601(선조34)년에 진사급제, 1605년에 별시문과(別試文科)에 급제하고 1607년에 성균관 직강, 세자 시강원으로 사가독서(賜暇讀書)하였다. 1612년 광주(廣州) 목사, 공조참판(工曹參判)을 지냄. 1624(인조2)년에 이괄(李适)의 난에 영의정 이원익(李元翼)을 따라 종사관으로 종군하여 공을 세웠다. 1633(인조11)년 계유(癸酉)에 강릉 부사로 부임했는데 민심을 얻어 유애비(遺愛碑)가 세워짐. 천성(天性)이 고결하고 시문(詩文)에 뛰어났다. 저서로 다산집(茶山集)이 전한다.

세상 어느 곳이나 구의산_{九疑山}은 있는데

일마다 모두 용납할 수 없으니 개탄_{慨歎}스럽기 그지없네

중요한 건 형제가 서로 돕는 일인데 각각 천리 밖에 있으니

해 기운 하늘가에 저녁 구름이 짙구나.

---

3 九疑山(구의산): 의(疑)와 의(嶷)는 동음(同音). 일명 창오산(蒼梧山)이라고 함. 중국 호남
성 영원현(寧遠縣)에 있는데, 이곳에 순(舜) 임금의 묘가 있다. 시(詩)의 내용에서 본다면
죽어서 뼈를 묻을 곳은 세상 어디에나 있으니 세상에 나가서 마음껏 큰 뜻을 펼치라는
뜻이 함축되어 있다.

4 鶺原(영원): 형제가 위기(危機)에서 구휼한다는 뜻임. 시경 소아(小雅), 상체(常棣) 장에
있는 내용임. ※할미새가 들판을 날며 꼬리를 들까불어 형제가 급한 일을 당한 것을 비
유함.

君過去天不尺峰
應傷如玉如花容
有何興況[5]思山客
再拜鮮香滿口濃。

그대 하늘에 닿을 듯한 험산 준령을 지났을 터
옥玉같이 깨끗하고 꽃처럼 아름다운 얼굴 응당 상했으리라
무슨 흥미로운 정경情景 있기에 산 사람山客을 생각했을까
재배하고 살펴보니 생선의 상큼한 향내 입 안에 가득하네.

---

5 興況(흥황): 흥미 있는 정황(情況).

玉鱗猶勝紫駝峰[6]
長袖奇觀[7]舞處容[8]
浮世他鄉多好事
茶山[9]歸意未曾濃。

옥 같은 생선 맛은 낙타의 육봉_{肉峰} 요리 보다 낫고
처용무를 추는 무녀_{舞女}의 긴 소매 자락은 기이한 구경거리
덧없는 세상, 타향에선 좋은 일도 많아
다산_{茶山}으로 돌아 갈 뜻 아직 무르익지 않았네.

---

6 紫駝峰(자타봉): 밤색 털의 낙타의 육봉(肉峰). 〈비파기(琵琶記)〉에 「食味皆山獸, 熊掌 紫駝峰」이란 말이 있음.

7 奇觀(기관): 기이한 광경.

8 處容(처용): 신라 헌강왕(憲康王) 때 사람으로 전해옴. 왕의 순행 중에 기형 궤복(詭服/ 이상한 복장)으로 나타나 가무(歌舞)를 하여 궁궐에 따라 들어와 벼슬을 받고 달밤이면 춤과 노래를 하였다 함. 그 춤이 악부(樂府)에 「처용무」라고 전해옴.

9 茶山(다산): 강릉부사 목대흠(睦大欽)의 아호(雅號)임. 여기에서는 호가 유래(由來)한 지명을 가리키는 듯함.

峥嶸[10]樓閣依山峰
貊國[11]仙區昔日容
信[12]美殊非調養地[13]
海風恒烈瘴烟[14]濃。

우뚝 솟은 누각이 산봉우리에 가까이 서 있으니
이는 오랑캐 나라貊國 선경仙境의 옛 모습일세
이곳은 진실로 아름답긴 하나 별난 요양지는 아니니
매양 바닷바람 세차고 장기瘴氣 품은 안개 짙으리라.

---

10 峥嶸(쟁영): ① 산이 높고 가파른 모양. ② 깊고 험한 모양.
11 貊國(맥국): 옛날 우리나라의 별칭임. 강원도 일대를 동예맥이라 함. 여기선 강릉을 말
   한 듯함.
12 信(신): 진실로, 참으로.
13 調養地(조양지): 요양지(療養地).
14 瘴烟(장연): 장기(瘴氣)를 품은 연기. 장(瘴)은 습하고 더운 땅에서 생기는 독기임.

天上蓬萊[15]第二峰
令兄[16]徐步處從容[17]
時垂書贈如君眷
感歎交情老益濃。

천상天上의 봉래산 제 이 봉峰을

형은 한가로운 모습으로 느릿느릿 걸으며 노니네

때때로 편지를 보내 주시어 알뜰히 돌보시니

그대와 쌓은 정이 늙을수록 더욱 깊어짐에 감탄하네.

---

15 蓬萊山(봉래산): 중국에서 가상적으로 이름 지은 삼신산(三神山)의 하나. 동쪽 바다 가운데에 있어서 신선이 살고, 불로초와 불사약이 있다는 영산(靈山). 봉구(蓬丘), 봉도(蓬島).

16 令兄(영형): ① 편지에서 친구를 높여 부르는 말. ② 남의 형을 높여 부르는 말.

17 從容(종용): ① 자연스럽고 태연한 모양. ② 하릴없이 유유하게 보냄. ③ 꾀어서 권함.

又因便和贈濃字韻三首老生又用
前日東字韻以呈

또 잇따라 화답和答하여 농濃자 운 세 수首를 주기로
이 늙은이 또한 전날의 동東자 운으로 지어 보내다

我在嶺西君嶺東[1]
山川雖阻浩天[2]同
暮雲[3]春樹清宵[4]月
兩地相思望眼中。

나는 영서嶺西에 있고 그대는 영동嶺東에 있어
산천山川으로 비록 막혀 있어도 넓은 하늘은 하나일세
저녁 구름은 봄철의 나무 끝에 걸려 있고 맑은 밤에 달은 휘영청
양쪽 땅에서 서로 그리워하며 멀리 그대 있는 곳 바라보네.

---

1 嶺西嶺東(영서영동): 강원도 대관령(大關嶺)의 서쪽과 동쪽의 땅.
2 浩天(호천): 넓은 하늘.
3 暮雲(모운): 저녁 구름, 저녁 무렵의 구름.
4 清宵(청소): 맑게 갠 조용한 밤.

自憐吾兩各西東
把手何時笑語同
宣室⁵求賢應不遠
警君長在醉鄉⁶中。

가련하게도 우리 두 사람 동서로 나뉘어 있으니
다시 손잡고 웃고 이야기할 날 그 어느 때인가
조정에서 다시 어진 인재 찾을 날 멀지 않으니
그대는 늘 술에 취해 있는 것 경계해야 하리.

---

5 선실(宣室): ① 궁전(宮殿). ② 한(漢) 무제(武帝)가 쫓겨난 가의(賈誼)를 선실(宣室)로 불
   러보고 다시 신임하게 되었다는 고사(故事)가 있다. ③ 한(漢) 미앙궁(未央宮) 전전(前殿)
   의 정실(正室)임.
6 취향(醉鄉): 취중(醉中)의 기분을 일종의 〈별천지(別天地)〉에 비겨서 한 말.
   ※白居易: 〈吟〉:「我與爾歸, 醉鄉去來」참조.

生憎[7]世路有西東
不喜民風[8]且異同
世路民風難會得
阮生[9]空自泣岐中。

세로世路에 동서 붕당朋黨 있는 것 미워했고
민풍民風이 다르고 같은 것 좋아하지 않았네
세로世路와 민풍을 이해하기 어려우니
완생阮生은 공연스레 기로岐路에 서서 우는 구나.

7 生憎(생증): ① 얄밉게도 ② 몹시 싫다.
8 民風(민풍): 백성의 풍속, 관습.
9 阮生(완생): 완적(阮籍, 210~363), 삼국(三國) 시대 위(魏)나라 시인. 자(字)는 사종(嗣宗),
　죽림칠현(竹林七賢) 중 한 사람. 노장학(老莊學)을 좋아하고 술과 거문고를 사랑하여 세
　속의 관습을 백안시(白眼視)하였다. 그에게 영회시(詠懷詩) 82수가 있다.

太史¹⁰封東道亦東
惟精惟一¹¹與民同
如何¹²時習今携貳¹³
爭是爭非亂厥中。

태사가 동쪽에 봉封해지니 길 역시 동으로 향하네
온 정성을 기울여 한결같이 백성과 함께 하시길
어찌하여 지금 사람들 시속時俗을 달리하는가
시비是非를 다투니 혼란은 그 가운데 있는 것을.

---

10 太史(태사): 한림(翰林)의 딴 이름.
11 惟精惟一(유정유일): 오직 한 가지 일에 마음을 쏟음. 인심(人心)과 도심(道心)의 구별
   을 자세히 살피어, 본심(本心)의 바른 길을 전일(專一)하게 지킴.
12 如何(여하): 어찌, 어떻게.
13 携貳(휴이): 서로 어그러져 믿지 않거나 딴 마음을 가지는 것, 춘추좌전(春秋左傳)에 있
   는 말.

刁斗[14]西南欲向東
其誰惠好與之同
請君試看滄溟[15]外
一片虛舟萬頃[16]中。

조두刁斗는 서남쪽에서 동쪽으로 향하려 하는데
그 누가 은혜와 사랑을 같이 하려 하겠나
그대에게 청하건대 한 번 먼 바다 밖을 내다보게
빈 조각배 한 척이 만경창파 중에 떠 있네.

---

14 刁斗(조두): ① 군대의 행군용 기구(器具)임. ② 장원(壯元) 급제(及第)한 사람의 집에
   세우는 깃발.
15 滄溟(창명): 넓고 푸른 바다.
16 萬頃(만경): 〔경(頃)은 밭 100이랑〕 ① 백 만 이랑. ② 지면이나 수면이 끝없이 넓은
   것을 이르는 말. 漢詩集

在一雲聞黃岡[1]安否仍寄諸弟

일운장一雲莊에서 황강黃岡의 안부를 듣고 이에 아우들에게 부치다

大中時應[2]客齊安[3]

此日連床正二難[4]

紅粉[5]三行[6]行樂處

把盃能記把漁竿[7]。

右示判刾[8]

대중大中이 때에 응하여 제안齊安에서 객客이 되었는데

이 날에 상床을 가까이하여 어진 주인과 훌륭한 손님이 만났네

홍장紅粧 미인이 세 줄로 서서 춤추니 즐겨 노는 마당인데

술잔을 들고서 낚싯대 잡았던 일 기억할 수 있네.

우右는 반자判刾에게 보인다.

---

1 黃岡(황강): ① 중국 호북성(湖北省)에 있는 황주(黃州)의 옛 이름. ② 황해도 황주군. 교
  통의 요지이고 곡물·사과·직물 등의 거래가 성하여, 중국의 황주와 물산 중심지로서
  의 성격이 비슷하여 비유적으로 쓴 말인 듯함.
2 時應(시응): 시세(時勢)의 변화에 순응하는 것.
3 齊安(제안): 지금의 호북성 황강현의 서북쪽에 있음.
4 二難(이난): ① 어진 주인과 훌륭한 손님. ② 두 가지 성사하기 어려운 일.
5 紅粉(홍분): 연지 곤지를 바르는 것. 예쁘게 화장한 미인.
6 三行(삼항): 세 줄로 열을 지어 있는 모습.
7 把漁竿(파어간): 은거(隱居)의 뜻 임.
8 判刾(반자): 반자(牛刺)와 동일. 판관(判官: 종5품 실무직), 이순신(李舜臣)의 〈난중일기(亂
  中日記)〉에 「반자(判刾) 조발(趙撥)이 술을 준비하고 장막을 치고 기다리다」라고 하였음.

黃岡風味獨能專
一笑淹留[9]已半年
從知月老[10]猶剛健
爲結紅繩若是堅。
　　　　　右示宜寧

황강黃岡의 운치韻致를 오로지 독점獨占하여

한 번 웃고 오래 머물렀는데 어느덧 반년이 지났구려.

월노신月老神은 아직도 강건剛健함을 알겠으니

그가 맺은 붉은 실은 이처럼 단단하구나.

　　　　　우右는 의녕宜寧에게 보인다.

---

9 淹留(엄류): 오래 머무름.

10 月老(월노): 월하노인(月下老人), 부부의 인연을 맺어 주는 신, 그가 청실홍실을 맺어
준 남녀는 반드시 부부가 되었다는 고사(故事)에서 연유한 말.

去歲南中今歲西

少年襟韻[11]老猶齊

男兒隨處恩情重

幾向梨園[12]笑語低。

右示大中

지난해엔 남쪽에 있더니 금년엔 서쪽에 있네

젊은 날의 가슴 속 풍운風韻은 늙어서도 오히려 같은 법

남자는 어디에서나 은정恩情을 중하게 여긴다네

어찌 기방妓房에서 나직이 웃고 이야기할까.

우右는 대중大中에게 보인다.

---

11 襟韻(금운): 가슴 속의 풍운(風韻), 풍도(風度), 품격(品格).

12 梨園(이원): ① 배우들이 연기를 익히던 곳. ② 이 곳에선 기방(妓房)을 뜻함.

白雲關海看時淚
青草池塘夢裡詩[13]
膝下鴒原歸未得
喜聞秋鴈向南飛。
　　　　　右示鄙意

흰 구름 뜬 관關과 바다를 바라 볼 때 눈물짓는데
연못가의 푸른 풀은 아직도 꿈을 꾸고 있구나
슬하膝下의 형제들 아직 돌아오지 않았는데
남쪽으로 날아가는 기러기 울음소리 듣고 기뻐하네.
　　　　　우右는 나의 비의鄙意를 보인다.

---

13 青草池塘(청초지당): ① 주문공(朱文公)의 〈권학시(勸學詩)〉. ② 사령운(謝靈運)의 〈등
　지상루시(登池上樓詩)〉 참조.

仙桂未攀高蟾怨[14]
柳枝初放樂天[15]悲
莫道寬心無過酒
酒如成病悔可追。

右示士中

선계仙界의 계수나무에 오르지 못하니 달은 원망하고

버들가지 새 잎 피자 종달새 슬피 운다

근심을 푸는데 술보다 나은 게 없다고 말하지 말라

만약 술이 병이 되면 후회가 따르리.

우右는 사중士中에게 보인다.

---

14 高蟾怨(고섬원): ① 옥섬(玉蟾), 달 속에 계수나무와 옥두꺼비가 살고 있다는 고사에서 연유함. ② 이함용(李咸用), 〈춘풍시(春風詩)〉:「年年三十騎, 飄入玉蟾宮」. ※진사 시험에 급제하지 못한 것을 원망한다는 뜻이 담겨있음.

15 樂天(낙천): ① 천명(天命)을 즐김. ② 종다리의 다른 이름.

與黃岡故人[1]秋以爲期判刺見遞因寄一絕

황강黃岡의 옛 친구와 가을에 만나기로 약속했는데
반자判刺가 체직遞職되었기로 한 수 지어 주다

新盟舊約更[2]相堅
如石初心[3]尙[4]不鐫
莫恨今秋歸計誤
好緣應在有生前[5]。

새로운 맹세와 옛 언약은 더욱 견고堅固한데
돌 같이 굳은 초심初心 아직 새기지 못했네
금년 가을 돌아가려는 계획 어긋났다고 한恨하지 마오
좋은 인연은 마땅히 살아있는 동안에 있으리라.

---

1 故人(고인): 오래된 벗, 옛 친구.
2 更(갱): p.58 주(註)15 참조.
3 初心(초심): ① 처음 생긴 마음. ② 처음 배우는 사람.
4 尙(상): ① 아직 ② 오히려, 도리어.
5 生前(생전): ① 살아 있는 동안. ② 죽기 전.

聞賓席開酌圍碁戲呈洪元亮老伴

빈석賓席에서 술을 마시고 바둑을 둔다는 말을 듣고
시 한 수를 희작戲作하여 홍원량洪元亮에게 주다

主辱捐生臣子職

國亡懸膽越王[1]嘗

縱效圍碁謝安[2]石

不須連日醉壺觴[3]。

임금이 욕을 당하여 목숨을 버리는 건 신하의 직분인데

나라가 망하자 월왕越王은 쓸개를 매어 달고 맛보았네

가령 바둑을 두려거든 사안謝按을 본받아야 하리니

모름지기 매일같이 술에 취하진 말아야겠지.

---

1 越王(월왕): 중국 춘추(春秋)시대 월(越)나라 임금 구천(句踐)을 가리킴. 오왕(吳王) 합려(闔閭)를 싸워 죽였으나 그의 아들 부차(夫差)에게 패하여 회계산(會稽山)에서 무릎 꿇고 항복하였다. 그러나 20년 동안 뜻을 굽히지 않고 굴욕을 참고 견디어 마침내 오(吳)나라를 멸망시켰다. 그가 패하여 부차(夫差)의 신하가 되었을 때 매양 문에 쓸개를 매어 달고 맛보면서 패전의 굴욕을 되새겼다는 데에서 온 말. ※ 와신상담(臥薪嘗膽)을 참조.

2 謝安(사안): 진(晉), 양하인(陽夏人), 자(字)는 안석(安石)이다. 풍모(風貌)가 수려(秀麗)하고 정신 기백이 민첩하고 침착하여 일찍부터 중명(重名)이 있었다. 전진(前秦)의 부견(符堅)이 백만대군으로 회비(淮肥)를 침입하자 경사(京師)가 공포에 떨었다. 사안이 정토대도독(征討大都督)이 되어 적을 크게 깨쳤다. 사안이 승전의 소식을 듣고도 태연이 바둑을 두었다는 고사(故事).

3 壺觴(호상): p.60 주(註) 20 참조.

次贈洪元亮
홍원량에게 드림

始識湖西近帝鄉
南昌¹縣裡落文昌²
清新氣像人胡策
萬姓渾³如入圈牢⁴。

호서湖西가 서울에 가까운 줄 비로소 알았는데

남창南昌현에 문창성文昌星이 떨어진 듯

사람들 청신清新한 기상氣像 있고 오랑캐 물리칠 방책을 알아

온 백성이 혼연渾然히 한 우리 속에 들어와 있는 것 같다.

---

1 南昌(남창): 왕발(王勃)의 〈등왕각시서(滕王閣詩序)〉에 보면 예장(豫章)을 남창(南昌)이라 고도 했는데 한(漢)나라 때 예장 군을 두어 남창 일대를 다스렸다. 당(唐) 고조(高祖) 무 덕(武德) 7년에는 홍주(洪州) 도독부(都督府)를 두었다. 왕발은 〈등왕각시서〉에서 이 지 역은 별자리가 뛰어나고 서남쪽에 형산(衡山), 북쪽에 여산(廬山)같은 빼어난 산수(山水) 가 있어 인걸(人傑)이 배출되었다고 말하고 있다. 이것은 충청도 지방이 산수가 아름답 고 지세(地勢)가 뛰어나 훌륭한 인물을 많이 배출하였다고 비유적으로 말한 것이다. 또 홍성(洪城)군을 옛날에는 홍주(洪州)로 불렀는데, 중국의 남창(南昌)을 당나라 때에 홍주 도독부(洪州都督府)로 불린 것을 연상하여 말한 것 같다.
2 文昌(문창): 북두칠성의 광주리 모양의 머리 부분에서 여섯 번째 별로써 문장(文章)을 맡은 별임. 이는 왕발이 〈등왕각시서〉에서 인걸은 지령(地靈)을 따라서 난다고 말한 것 과 연관된다.
3 渾(혼): ① 모두. ② 온전히.
4 圈牢(권뢰): ① 우리, 짐승을 가두어 두는 곳.

次權玉郎大載¹佳韻

옥랑玉郎 권대재權大載의 가佳자 운을 따서 짓다

曾聞名族²士多佳

今見天然³出水花

樽酒無歡擡首數

白雲飛處黯思家。

명문名門 거족巨族엔 아름다운 선비가 많다고 들었는데

지금 보니 꼭 수면 위에 피어오른 한 송이 연꽃일세

술을 마시는 것도 즐겁지 않아 자주 머리 들어

흰 구름은 흘러가는 곳 바라보며 집 생각에 마음 우울해진다.

---

1 權大載(권대재): 1620(광해군12)~1689(숙종15). 조선 후기의 문신. 본관은 안동(安東). 자
는 중거(仲車), 호는 소천(蘇川), 홍문관 제학, 호조판서를 지냄. 속소당의 손서(孫壻)임.
2 名族(명족): 문벌이 높은 집안.
3 天然(천연): 사람의 힘으로 움직이거나 변화시킬 수 없는 상태.

奉酬李進士齊衡瓊韻時落第
還寓作詩以慰

진사 이제형李齊衡의 시운詩韻을 받들어 응답하니 그는 이 때
과거 시험에 낙방하여 고향으로 돌아가기에 한 수首 지어 위로하다

始終可見人間世
得失須憑塞上翁[1]
紅杏碧桃時或[2]早
芙蓉出水在秋風。

시작과 끝을 볼 수 있는 것이 인간 세상이지만
득得과 실失은 모름지기 가늠하기 어렵다네
살구꽃 벽도碧桃꽃은 언제나 이른 봄에 피었지만
부용화芙蓉花가 물 위에 피는 것은 가을바람 불어 올 때이겠지.

---

1 塞上翁(새상옹):《회남자(淮南子)》에 있는 말로 인생의 길흉화복(吉凶禍福)은 예측할 수
  없음을 비유한 것.
2 或(혹): ① 혹, 혹은. ② 늘, 언제나.

偶吟
문득 떠오른 생각을 시로 짓다

飄零[1]湖海安吾分
時事如斯歎奈何[2]
與客論文論不細
家人莫道[3]酒不多。

낙백落魄하여 강호江湖에 떠돌며 지내는 것은 내 분수지만
작금昨今의 돌아가는 일이 이 같으니 탄식한들 어찌하랴
객客들과 글을 논하는데 그 논지論旨가 세밀하지 않으니
집안사람들은 술이 적다 말하지 말라.

---

1 飄零(표령): ① 나뭇잎이 바람에 펄럭이며 떨어짐. ② 영락(零落)함. ③ 낙백(落魄).

2 奈何(내하): 어떻게, 어찌하여.

3 莫道(막도): 말하지 말라. 도(道)는 「말하다」의 뜻. 막(莫)은 「… 하지 말라」는 금지(禁止)의 뜻임.

桐林霽宵有懷權玉郎

맑게 갠 밤 동림산桐林山에서 옥랑玉郞 권대재를 생각하다

紫桐花下昔棲遲[1]
鳳質鸞姿[2]學幼儀
一去不來山寂寂[3]
夜深新月掛空枝。

옛날 보랏빛 오동꽃 아래에서 한가롭게 지내면서
봉황과 난새 같은 그대 어려서부터 의범儀範을 배웠도다
한번 가고 다시 돌아오지 않으니 산 속은 적막寂寞한데
밤 깊어 초승달은 빈 나무 가지에 걸려있구나.

---

1 棲遲(서지): 유유(悠悠)한 심경으로 놀며 지냄.
2 鳳質鸞姿(봉질란자): 뛰어난 인재를 일컫는 말.
3 寂寂(적적): 외롭고 쓸쓸한 모양.

病伏桐林山下有客過去偶吟

병들어 동림桐林촌에 누워 있는데 산 아래에 지나는 길손이 있어
문득 시로 읊다

棲棲[1]行色德之衰
從政如今且殆而[2]
莫問津程止于此[3]
滿山皆是碧梧[4]枝。

안달하는 낯빛은 세상의 덕이 쇠퇴함인 듯
요즘 같은 때 벼슬살이는 위태로울 뿐이네
나루터를 묻지 말고 이곳에 머물라
온 산에 가득한 것은 벽오동 나무일세.

---

1 棲棲(서서): p.67 주(註) 4 참조.
2 而(이): …뿐, …따름. ※ 조사(助詞)로 쓰임.
3 于此(우차): 이에, 이곳에. ※ 우(于)는 전치사(前置詞).
4 碧梧(벽오): 벽오동과에 속하는 낙엽 활엽 교목. 줄기는 청록색이고 늙어도 색이 변하
 지 않는다. 열매는 10월에 익는데 식용으로 쓰인다. 중국의 전설에 봉황새가 깃든다하
 여 선비들이 귀히 여겨 뜰에 심었다. 일명 청동(靑桐).

旅寓中憶洪元亮

객사客舍에서 홍원량洪元亮을 생각하다

一自分離星散[1]後
有時消息賴蒼頭[2]
飄逢白日看雲夢[3]
長在南昌拱[4]北樓。

한 번 작별하고 뿔뿔이 흩어진 후에
가끔씩 하인들을 통해 소식을 들었지요
떠도는 몸이 한 낮에 그대 있는 운몽雲夢 땅 바라보니
늘 남창南昌의 북루北樓에서 한가롭게 지내고 있군요.

---

1 星散(성산): 새벽 별이 흩어지듯 사방으로 뿔뿔이 흩어짐.
2 蒼頭(창두): 군사, 하인배.
3 雲夢(운몽): 호북성(湖北省) 안륙현(安陸縣)의 남쪽에 있는 옛 못 이름. 초(楚)나라 양왕 (襄王)이 고당(高唐) 근처 운몽(雲夢)의 옛 못 가에서 낮에 잠이 들었는데 꿈에 무산(巫山) 의 신녀(神女)와 침석(枕席)을 같이 했다. 떠날 때 신녀가 말하기를 자기는 무산의 남쪽 높은 언덕에 살고 있는데 아침에는 구름이 되고 저녁에는 비가 되어 내린다 하였다.
4 拱(공): 껴안다. 한 아름. 하는 일 없이 한가롭게 지내다.

流寓[1]中崔碩士昆季遠來委訪感吟
유랑하며 타향에 머무는 중에 최석사崔碩士의 형제가 찾아와

한 수 읊다

佳客淹留[2]天作關
霏霏[3]雨雪落苔斑
一樽相對論何事
終日言言在故山[4]。

좋은 손님 오래 머무르니 하늘이 문을 닫아 걸어

진눈깨비 어지럽게 흩날려 이끼 낀 섬돌에 떨어지누나

술잔을 마주잡고 무슨 일을 의논했을까

온종일 주고받는 말은 고향에 관한 이야기.

---

1 流寓(류우): 유랑 끝에 타향에서 삶.
2 淹留(엄류): p.84 주(註) 9 참조.
3 霏霏(비비): 눈비가 흩날리는 모양.
4 故山(고산): 고향, 고국.

去年胡騎自西關[5]
飄蕩[6]東南鬢髮班
他鄉醉盡故人酒
氷塞前川雪滿山。

지난 해 관서關西 지방으로부터 오랑캐 군대가 침입하여
동남쪽으로 떠도노라니 머리만 희끗희끗 세었고
타향에서 옛 친구 만나 나눈 술잔에 흠뻑 취했는데
마을 앞 시내는 얼음에 갇히고 온 산 가득히 눈에 덮였네.

---

5 西關(서관): 황해도, 평안남북도 일대를 칭함.
6 飄蕩(표탕): p.45 주(註) 28 참조.

失題
제목이 생각나지 않아서

玉貌端嚴獨出群
士林扶植[1]共推君
花落春風何太早
老夫無復挹[2]淸芬[3]。

옥 같은 용모 단정하여 많은 사람 중에 뛰어나니
사림士林에서 모두 그대를 추대하여 붙들어 세웠네
봄바람에 지는 꽃잎 어찌 그리도 조급할까
이 늙은이 그대의 맑은 덕을 다시는 볼 수 없겠네.

---

1 扶植(부식): ① 뿌리를 박아 심음. ② 확고하게 세움, 도와 세움.
2 挹(읍): 취(取)하다, 가지다.
3 淸芬(청분): ① 맑은 향기. ② 맑고 향기로운 덕.

李上舍[1]有來訪先音苦企之餘
只送海珍不勝憮然[2]戲吟一絶

이생원李生員이 내방來訪하겠다고 먼저 소식을 보내어 몹시 기다렸는데
다만 생선을 인편에 보내왔다. 실망스런 생각을 떨쳐버릴 수 없어
재미삼아 한 수 읊다

吾家有酒身無事
日望詩仙叩竹扉
今得海鮮還自憮
其如玉貌與相違[3]。

내 집에 술 있고 신변에도 아무 일 없어
날마다 시선詩仙이 내 오두막 찾아오길 바랐었지
지금 갑자기 생선을 받으니 또한 실망스럽기만 한데
그대의 옥 같은 용모를 보지 못하겠네.

---

1 上舍(상사): 소과(小科)에 합격한 사람. 생원(生員), 진사(進士)를 말함.
2 憮然(무연): ① 멍한 모양. ② 괴이하게 여기는 모양.
3 相違(상위): p.37 주(註) 2 참조. 여기서는 서로 보지 못함을 뜻함.

漳州[1]守故宅昔日諸酒伴[2]來邀感吟絶句三首

장주漳州 태수의 고택古宅은 옛날 술친구들과 찾았던 곳으로
감회感懷를 시로 읊다

堤上小堂提下塘
鶯歌燕語爲誰長
韶光[3]如昨豪華盡
舊客多情依短墻。

둑 위엔 작은 초당草堂, 둑 아래엔 연당蓮塘
꾀꼬리 노래하고 제비 지저귀는데 누구 위해 고운 소리로 울까
봄날의 화창한 경치 옛날처럼 눈부시게 빛나고 아름다운데
옛 손들 다정히 나지막한 담장을 의지해 있네.

---

1 漳州(장주): 중국 복건성(福建省) 남부의 도시. 구룡강(九龍江), 용강(龍江) 양강 유역의
물산의 집산지이며 상업도시임.
2 酒伴(주반): 술친구.
3 韶光(소광): 봄날의 화창한 경치. ① 춘광(春光). ② 소경(韶景). ③ 소화(昭華).

덧붙이는 시 詩(附)

東風楊柳小池塘[1]
乳燕含泥暖日長
怊悵[2]仙翁今不返
獨來無語依空墻。
　　　　右吳監司翻[3]

봄바람 불어 작은 연못가의 실버들 가지 날리니
새끼 기를 제비는 진흙을 물어 나르고 따뜻한 봄날은 길기만 하다
원망스럽게도 선옹仙翁은 지금까지 돌아오지 않았고
나만 홀로 찾아와 말없이 빈 담장을 의지해있네.
　　　　　　감사監司 오숙吳翻이 지은 시

---

1 池塘(지당): 못의 둑.

2 怊悵(초창): ① 원망하는 모양. ② 실의(失意)한 모양.

3 吳翻(오숙): 1592(선조25)~1634(인조12). 조선 중기의 문신. 본관은 해주(海州). 자는 숙우(肅羽). 호는 천파(天坡). 1610년(광해군2)에 진사시에 합격하였고 당시 문장가로 유명한 이항복, 이덕형, 이정구 등에게 인정받아 승진하였으나 조정의 난정(亂政)을 볼 수 없어서 벼슬을 버리고 장유, 이명한 등과 교류하면서 삼각산에서 독서하였다. 1623년(인조1년) 인조반정 이후 문학지신으로 호당(湖堂)에 들었고 이괄(李适)의 난에 공을 세웠다. 벼슬은 형조 참의, 여주 목사, 경상도 관찰사, 좌승지, 황해도 관찰사를 지냈고 1633년 명나라 장군 모문룡(毛文龍)이 간도(間島)에 머물자 청나라와 발생한 분쟁을 원만히 수습하였다.

憶曾遊宴[4]此池塘

白髮蒼顔[5]舞袖長

今日樽前人不在

落花無數過東墻。

右睦參判長欽[6]

그 옛날 이 연못가에서 잔치 열었던 것 생각나네

백발에 얼굴빛은 파리했지만 춤추는 소매 자락 길었었네

오늘 술동이를 앞에 두니 그때 그 사람 자리에 없고

떨어지는 꽃잎은 헤아릴 수 없이 동쪽 담장을 지나는구나.

참판參判 목장흠睦長欽이 지은 시

---

4 遊宴(유연): 주연(酒宴)을 베풀어 즐김.

5 蒼顔(창안): 늙어서 야윈 얼굴.

6 睦長欽(목장흠): 1572(선조5)~1641(인조19). 조선 중기의 문신. 본관은 사천(泗川). 자는 우경(禹卿). 호는 고석(孤石). 1599년(선조32) 정시 문과에 병과로 급제함. 1613년 좌부승지가 되었는데 이이첨, 정인홍 등이 영창대군을 폐하려하자 이를 저지하다가 이덕형과 함께 연좌되어 청풍 군수로 좌천되어 고향으로 돌아갔다. 1623년(인조1) 인조반정으로 승지가 되고 함경도 관찰사, 경주 부윤을 거처 호조참판이 되었다. 1636년 병자호란 때 왕을 모시고 남한산성으로 피란하였으며 1641년 도승지가 되었다. 성격은 강직하였고 관후(寬厚)한 덕량이 있었다.

遭亂在原驪間偶吟[1]

난리를 만나 원주_{原州}와 여주_{驪州}사이에서 문득 시를 읊다

月暈重南漢

出奇寂廟謀

三旬[2]千乘主[3]

一髮[4]萬金軀

憤懣村氓[5]在

忠勤壯士無

砲聲天地震

越視爲胡奴[6]。

---

1 부친 남촌(南村) 이거(李蘧)가 임진왜란 당시에 여주(驪州) 목사(牧使)로 있었는데 이때 가솔을 거느리고 강원도 원주(原州)와 이천(伊川)을 지나 의주(義州)로 선조대왕을 따라 갔다. 이때의 경험을 병자호란 당시의 사회현상과 비교하며 읊은 것 같다.

2 三旬(삼순): ① 상순(上旬), 중순(中旬), 하순(下旬). ② 삼십일.

3 千乘主(천승주): 승(乘)은 수레를 세는 단위. 전시(戰時)에 천자는 만승(萬乘), 제후는 천 승(千乘)을 내도록 되어 있다. 천승주(千乘主)는 제후국의 임금을 뜻한다.

4 一髮(일발): 일발인천균(一髮引千鈞), 한 가닥의 머리털로 천균(1균 : 30근) 무게의 물건을 끈다는 뜻. 매우 위태로움.

5 村氓(촌맹): 시골 백성.

6 越視秦瘠(월시진척): 월나라 사람이 진나라의 마른 땅을 본다는 뜻으로 "남의 환난을 범연히 보아 넘김."을 비유한 말임.

달무리는 남한南漢 산성에 무겁게 드리웠는데

기계奇計를 내려해도 조정의 계략計略은 적막하다

삼순三旬 동안 갇힌 천승千乘의 임금님

만금萬金의 귀한 몸이 매우 위태롭구나

분개憤愾하는 시골 백성은 있는데

정작 충성스럽고 부지런한 장사壯士 없구나

포성砲聲은 천지를 뒤흔드는데

사태를 범연泛然히 보는 것은 오랑캐를 위한 것일 뿐.

又

거듭하여 짓다

西關攻守[7]失
擧國避胡塵[8]
青草池塘夢
黃梅雪嶺春
感時多灑涕[9]
奮義鮮[10]亡身
釋亂人何去
甘心議帝秦[11]。

---

7 攻守(공수): 공격(攻擊)과 수비(守備).

8 胡塵(호진): ① 북쪽 사막에서 일어나는 황진(黃塵). ② 호인(胡人)의 병마가 일으키는 모래먼지(砂塵).

9 灑涕(쇄체): 눈물을 흘림.

10 鮮(선): ① 적다. ② 드물다, 흔하지 않다.

11 제진(帝秦) 구(句)는 〈회왕입진(懷王入秦)〉 사건을 비유적으로 인용한 듯하다. 진(秦)나라 소왕(昭王)때 초(楚)나라 회왕(懷王)이 국혼(國婚)문제로 B.C. 299년에 입진(入秦)하였다가 볼모로 잡혀 B.C. 296년에 진나라에서 사망한 사건. 이 시대는 소진(蘇秦), 장의(張儀)의 합종연횡(合從連衡)이 육국(六國)과 진(秦) 사이에서 논의 되었다.

서도西道가 공수攻守에 실패하니
온 나라가 오랑캐의 난亂으로 피신하네
파란 풀은 연못가에서 봄꿈에 잠겼고
황매黃梅는 눈 덮인 산마루에서 봄을 맞아 꽃망울을 터뜨렸네
시절時節을 슬퍼하여 눈물 흘리는 사람 많으나
의분심義奮心 품어 싸우는 사람 적네
병란을 끝낼 사람들 모두 어디로 가버렸나
달가운 마음으로 임금 진秦나라에 보낼 일 의논하는구나.

又

거듭하여 짓다

流落[12]他鄉日
其如酬節何
開樽那有酒
緣樹且無花
北風寒猶苦
東君[13]令失和
逢春春不似
仰屋獨吟哦[14]。

---

12 流落(유락): 영락(零落)하여 유랑(流浪)함.
13 東君(동군): ① 태양신. ② 봄의 신.
14 吟哦(음아): 시가(詩歌)를 읊조림, 음창(吟唱).

타향에서 영락零落하여 떠도는 때
절기節期를 어떻게 보내야 할까
술 단지를 열어보나 술이 어디에 남아있지
나무에 기어올라도 또한 꽃은 없네
북풍北風은 차갑고 더욱 괴롭게 불어오는데
태양신太陽神도 온화한 기운 잃어버렸나
봄을 맞았으나 봄날답지 않은 쌀쌀한 날씨
멀리서 집을 바라보며 시를 읊노라.

病中感吟
병중에 느낀 것을 시로 읊다

一失調身術
因成百病叢
三年治吞効
二竪[1]禦難功
海外看雲斷
堂前舞彩空
窮天[2]泉下[3]痛
爲子孝無終。

---

1 二竪(이수): 병마(病魔)를 이르는 말. 진(晋)의 경공(景公)이 병(病)으로 앓아누웠는데, 꿈에 병마가 두 아이(竪)로 되어 나타났다는 고사(故事).
2 窮天(궁천): 궁동(窮冬)의 하늘. 궁동(窮冬)은 겨울의 마지막.
3 泉下(천하): 무덤 속, 구천(九泉).

한 번 몸을 조섭調攝하는 방법 잃어버리니
이로 인하여 백 가지 병이 떼 지어 나타난다
삼 년 동안 병을 다스렸으나 효과가 없으니
병마病魔를 막아내는 건 정말 어려운 일이네
바다밖엔 바라 볼 구름도 끊기었고
대청 앞엔 춤추는 무희舞姬의 채색 옷자락 비었네
궁동窮冬의 추운 날씨에 무덤 속 백골도 아플 터이니
자식 된 자의 효심은 끝날 때가 없겠구나.

敬呈李城主閤下[1]

삼가 이성주_{李城主} 합하_{閤下}께 드림

昔日吾明府[2]

如何今在斯

幸逢經亂後[3]

却[4]憶蒞官[5]時

清白[6]民皆見

剛柔[7]我獨知

從容[8]談世事

不覺淚先垂。

---

1 城主(성주): 이경석(李景奭)으로 추정(推定)됨. 조선 중기의 문신(文臣)으로 1595(선조28) ~ 1671(현종12)에 생존함. 본관은 전주(全州), 자는 상보(尙輔), 호는 백헌(白軒). 덕천군(德泉君)의 6세손이다. 김장생(金長生)의 문인(門人). 1636년(인조14) 병자호란이 났을 때 대사헌·부제학으로 인조를 호종하여 남한산성에 들어갔고 이듬해 인조가 항복하고 산성을 나온 후에는 도승지로 발탁되고 〈삼전도비문(三田渡碑文)〉을 지었다. 1641년에는 청나라에 볼모로 가 있던 소현세자(昭顯世子)를 위하여 심양으로 가서 어려운 대청외교(對淸外交)를 풀어 나갔다. 1642년 명나라 선박이 선천에 들어온 일이 있었는데 이 사실이 청나라에 알려지자 그 사건의 전말(顚末)을 조사하여 보고하라는 청제(淸帝)의 명을 받고 서북지역 돌아왔으나 조선의 관련 사실을 두둔하다 청제의 노여움을 사 3년 동안 벼슬에서 물러나게 되었다. 1644년 이조판서를 거쳐 우의정·좌의정을 역임한 뒤 이듬해 (1645년)에 영의정에 올라 국정을 총괄하였다. 1646년(인조24) 효종의 북벌계획이 청나라에 알려져 사문사건(査問事件)이 일어나게 되어 조정이 큰 위기에 처하게 되었다. 그러나 그는 끝까지 국왕을 비호하고 모든 것을 영의정인 자신의 잘못으로 돌림으로써 국가의 위기를 막았다. 이에 청나라 사신들로부터 대국을 기만한 죄에 몰려 극형에 처해졌으나 국왕이 구명하여 목숨을 부지 백마산성에 위리안치(圍籬安置)되고 벼슬에서 물러나 1년 남짓 광주(廣州)의 판교(板橋)와 석문(石門)에서 은거하였다. 1653년(효종4)에 풀려나 1659년 영돈녕부사(領敦寧府事)가 된 뒤 기로소(耆老所)에 들었다.

그 옛날 늠름했던 우리 태수님

어찌 지금 이런 처지에 놓였을까

다행히 병란丙亂을 겪은 후 만나 뵈오니

도리어 벼슬에 계실 때 일이 생각나는군요

태수太守님이 청백리란 건 백성들 모두 알지만

굳세고 온유한 인품은 저 혼자만 알지요

조용히 세상일을 이야기 할 때에도

먼저 눈물이 흘러내리는 것 깨닫지 못했습니다.

---

2 明付(명부): 태수(太守). 이 시(詩)에서는 1629년(인조7) 자청하여 양주(楊洲) 목사(牧使)로 나간 일을 말함. 성주(城主)라 한 것도 이와 관련이 있을 것으로 생각됨.

3 經亂後(경란 후): 1636년(인조14) 병자호란 이후를 말함. 병란(丙亂)은 병자호란임.

4 却(각): ① 도리어, 반대로. ② 발어사(發語詞); 〈자!…〉. ③ 어조사(語助辭); 망각(忘却). 즉 료(了)정도로 쓰임.

5 莅官(이관): 이(莅)는 '임(臨)하다, 받다, 담당하다'. 곧 '관직이 있다'는 뜻임.

6 淸白(청백): ① 맑고 깨끗함. ② 청렴결백의 준말.

7 剛柔(강유): ① 단단함과 부드러움. ② 양(陽)과 음(陰).

8 從容(종용): p.77 주(註) 17 참조. 여기서는 '조용히'의 뜻.

次鄭碩士瓊韻

정석사鄭碩士의 운을 따라서 지음

深秋尋古寺
危路費屛營[1]
寶殿僧拜佛
蓮花客[2]點經
開元[3]題額[4]號
創始在唐明[5]
興廢傷心處
隨陽雁送聲。

---

1 屛營(병영): ① 방황하는 모양. ② 두려워하는 모양. ③ 마음이 갈팡질팡하여 편하지 않은 모양.
2 蓮花客(연화객): ① 당(唐)의 측천무후(則天武后) 때 장창종(張昌宗)이 용모가 아름다워 임금의 총애를 받았다. 창종은 호가 육랑(六郞)인데, 그 까닭으로 연꽃이 육랑과 같다는 말이 생겼다. 《당서: 양재사전(唐書: 揚再思傳)》에 기록되길 창종이 아름다운 용모로 임금의 총애를 받았는데 재사(再思)가 매양 이르기를 "사람들은 육랑(六郞)이 연꽃을 닮았다 하나, 아니다. 정확히 말한다면 연꽃이 육랑을 닮았을 따름이다."하였다. ② 연화박사(蓮花博士): 옛날 이야기 속에 등장하는 허구적인 관명. 남송(南宋) 가태(嘉泰) 2년 임술(壬戌) 9월에 송의 문호 육방옹(陸放翁)이 꿈에 옛 친구를 만났는데 말하길 "내가 연화박사가 되었는데, 이는 경호(鏡湖)에 새로 둔 관청일세. 내가 떠나면 자네가 잠시 맡아주게. 매월 봉급으로 술 천병을 받는데, 나쁘지 않다네."하였다.
3 開元(개원): 당(唐) 현종(玄宗)의 연호(年號, 713~741).
4 題額(제액): 편액(扁額)의 첫머리에 글자를 쓰는 것.
5 唐明皇(당명황): 당(唐)의 현종(玄宗).

깊은 가을 옛 절을 찾으려
위험한 산길에서 헤매었네
법당에선 스님들이 예불 중인데
아름다운 손은 꼼꼼히 불경을 살피누나
편액扁額에는 개원開元이라 쓰여있으니
이절의 창건은 당唐 현종玄宗때로다
흥망성쇠興亡盛衰 따져보면 마음만 슬퍼지는데
남쪽 나라 찾아 날아가는 기러기 울음소리.

附鄭碩士求和詩

정석사鄭碩士의 화답을 구하는 시를 첨부함

庚辰[1]重九日路由開元[2]有作

경진庚辰년 9월 9일 길이 개원開元을 경유經由하기에 지음.

聞說開元日

寺僧此地營

王公惟佛法

士庶尙談經

塔聳層層立

碑高字字明

諸天[3]今寂寞[4]

古事入江聲。

---

1 庚辰(경진): 1640년, 인조(仁祖) 18년으로 추정됨.

2 開元(개원): ① 길 이름(路名). ② 당(唐), 원(元), 명(明), 금(金)나라 때 개원로(開元路)를 두었음. ③ 길림성(吉林省) 전체와 요녕성(遼寧省) 동남쪽 지역을 총괄하여 부른 이름. ④ 명(明)나라 때 요녕성 개원현(開元縣)에 설치한 거리 이름.

3 諸天(제천): [불교] 여러 천상계(天上界). 또는 그곳에 살고 있는 부처들.

4 寂寞(적막): 고요하고 쓸쓸함. 적요(寂寥).

사람들에게 들으니 개원開元 때에
절의 스님들이 이 땅을 경영하였다네
왕공王公들이 오직 불법을 논하니
백성들도 담경談經하는 것 숭상하였네
불탑佛塔은 층층으로 우뚝히 서 있는데
높다란 비석엔 글자마다 선명하구나
지금은 천상계天上界의 부처님도 조용한 듯
옛 일은 소란한 강물 소리 속으로 묻혀버렸네.

江聲

강江의 소리

謹續宋碩士道源[1]韻

삼가 큰 선비 송도원宋道源의 운을 이어서 짓다

庚辰[2]冬胡將龍骨大[3]來集龍灣[4]威脅朝廷厥由難測京外
洶懼吾一家不能晏然于盤谷移寓湖西瑞山時道源來慰
贈詩。

경진庚辰년 겨울에 오랑캐 장수 용골대龍骨大가 쳐들어 와 용만龍灣에 군
사를 모아놓고 조정을 위협하였다. 그 사정을 헤아려 알기 어려웠던
까닭으로 서울 안팎의 백성들이 두려워 떨었다. 내 가족들도 반곡盤谷
에서 편안히 지낼 수 없어 호서湖西 지방의 서산瑞山으로 옮겨 살게 되
었는데 그때 송도원宋道源이 찾아와 위로하고 시詩를 지어 주었다.

---

1 宋道源(송도원): 본관은 은진(恩津). 성균관 대사성, 예조참판, 대사헌을 지낸 규암(圭菴)
　송인수(宋麟壽,1499(연산군 5)~1547(명종 2))의 후손. 벼슬은 감역(監役)을 지냄.
2 庚辰(경진): p.116 주(註) 1 참조.
3 龍骨大(용골대): 중국 청(淸)나라 장군. 원명은 영고이대(英固爾岱). 청나라 태종(太宗)의
　신임을 받은 장군으로 병자년 때 조선에 쳐들어옴. 그 후에도 수차례 내왕하며 조선의
　형편을 살핌.
4 龍灣(용만): 신의주(新義州).

傷心鴨綠水
惜我鳳凰城[5]
靺鞨[6]爲巢穴
遼民際死生
謀臣俱屈膝
浪客[7]獨揚舲
試想西關事
何安臣子情。

---

5 鳳凰城(봉황성): 요녕성(遼寧省) 봉천(奉天)을 이름.
6 靺鞨(말갈): 만주(滿洲) 동북 지방에 살던 퉁구스(Tungus) 족의 일종. 삼한(三韓)시대에
생긴 이름으로 숙신(肅愼)·읍루(挹婁)·물길(勿吉)은 모두 그의 옛 이름이다. 고구려에
복속되었고, 이후에는 발해에, 일부는 신라에 예속되었다. 뒤에 여진(女眞)으로서 금(金)
나라를 세웠다.
7 浪客(낭객): 일정 직업 없이 떠돌아 다니는 사람.

마음을 슬프게 하는 압록강이여
애석하다, 우리의 봉황성鳳凰城이여
이제 말갈의 소굴巢窟이 되었으니
요동遼東의 백성들 생사生死의 가장자리에 놓였구나
지략智略 있는 신하들 모두 무릎을 꿇으니
유랑하는 나그네 홀로 작은 배에 오르네
한 번 서도西道의 일을 상기해 보라
신하된 자의 마음이 어찌 편안하겠뇨.

又
거듭하여 짓다

文武才全士
聲名震洛城[8]
太中[9]疎白面[10]
安石[11]起蒼生[12]
落魄[13]湖西路
生涯水上舲
少微星隱日
來慰故人情。

---

8 洛城(낙성): 낙양(洛陽). 지금의 하남성(河南星) 낙양현입. 낙수(落手)의 북쪽에 있다. 과거에 동주(東周)·후한(後漢)·서진(西晉)·북위(北魏)·당(唐)의 서울이었다.

9 太中(태중): 태중대부(太中大夫), 진(秦), 진(晉) 시대 설치한 기관으로 정사(政事), 법령 (法令)의 득실(得失)을 맡아보았다.

10 白面(백면): 나이 젊어서 경험이 부족한 사람.

11 安石(안석): 진(晉)의 명신(名臣)인 사안(謝安)의 자(字).

12 蒼生(창생): 백성. 만민(萬民). 창맹(蒼氓).

13 落魄(낙백): 넋을 잃음. 영락(榮落)함. 뜻을 얻지 못함.

문무文武를 겸한 재능 있는 선비들
그 명성이 낙양성을 진동케 하니
태중대부는 백면 서생과 소통疏通하였고
뛰어난 재상宰相은 백성들 일으켜 세웠네
영락零落하여 호서湖西의 길 위에서 방황하니
내 생애가 바다 위에 떠도는 조각배 같구나
잔별少微星은 해가 뜨면 빛을 잃는 법인데
찾아와 위로해 주는 것은 옛 친구의 마음일세.

有爲食所遊因別盤谷僉侍[1]

생계生計 때문에 떠나게 되어 반곡盤谷의 여러 군자君子들과 작별하다

親舊歡娛日

吾生八十年

曾爲出贅客[2]

今共煖醪烟

眞率[3]俱相好

恭修豈飾邊

浪仙[4]將渡水

情思轉愀然[5]。

---

1 侍(시): 시자(侍子), 즉 시봉(侍奉)하는 아들. 첨(僉)은 '여러, 모두'의 뜻.
2 贅客(췌객): 어떤 집안에 장가 든 사람을 그 집에 대한 관계로 일컫는 말. 데릴사위.
3 眞率(진솔): 진실하고 솔직함.
4 浪仙(낭선): 당(唐) 시인 가도(賈島)의 자(字)임. 퇴고(推稿)에 얽힌 고사(故事)의 주인공. 여기서는 친구의 아호(雅號)인 듯함.
5 愀然(초연): ① 쓸쓸한 모양. ② 근심스럽고 두려워하는 모양.

친구들과 즐겁게 지낸 날들
나의 생애生涯 팔십 년
일찍이 타향에서 살았으나
지금은 함께 모여 따뜻한 술 나누노라
모두가 진실 되고 꾸밈없는 친구 사이인데
겸손히 사귀면 되었지 어찌 외양을 꾸미랴
낭선浪仙이 한수漢水를 건너려 하니
내 심정心情은 한층 더 서글퍼지네.

寒食日獨坐無聊[1]次杜草堂寒食韻

한식 날 혼자서 심심히 앉았다가
두보杜甫의 한식 시寒食詩 운을 따라서 짓다

節近淸明[2]日
初看野馬[3]飛
消愁因强飮
爲炙背斜暉
飄蕩今無定
松楸[4]計又違
可憐蝴蝶夢[5]
長向故園歸。

---

1 無聊(무료): 심심함. 쓸쓸함.
2 淸明(청명): 24절기의 하나. 춘분(春分)과 곡우(穀雨) 사이로 양력 4월 5,6일에 해당됨.
3 野馬(야마): 아지랑이.
4 松楸(송추): ① 산소에 심는 나무의 총칭. ② 무덤.
5 蝴蝶夢(호접몽): 〈나비의 꿈〉, 《장자(莊子)》, 〈제물론(齊物論)〉의 끝 부분에 있는 우화(寓話)임. 장주(莊周)가 꿈에 나비가 되어 유쾌하게 날아 다녔는데 문득 꿈에서 깨어난 즉 꿈속의 나비가 장자인지 꿈에서 깨어난 자신이 본래의 장자인지 분별할 수 없었다는 이야기.

절후節候가 청명清明에 가까우니
처음으로 아지랑이 들에 나는 것 보이네
근심을 떨쳐내려 억지로 술을 마시고
기우는 저녁 해에 등을 쬐노라
지금도 정착한 곳 없이 떠도니
조상의 묘 보살필 계획 또 어긋나네
슬프다, 꿈결 같은 덧 없는 삶이여
늘 고향으로 돌아갈 생각뿐일세.

※이른 봄(早春)에 아지랑이 아른거리는 들판을 바라보면서 문득 고향을 그리워
하고 짧고 덧없는 삶을 회한에 차서 되돌아보는 모습을 보는 것 같다. 시의 내
용 중에 〈나비의 꿈(蝴蝶夢)〉을 통하여 노경(老境)에 처하여 순간적으로 되돌아
본 삶의 유전(流轉)이 순간(瞬間)에 불과한 것처럼 느껴지고 그 모습들이 꿈과
현실을 구분할 수 없는 몽롱한 경계에 있음을 자각하고 그러한 마음의 경지를
표출하려 한 것 같다.

病中聞城主思歸且承求和敬次

병중에 성주城主께서 귀향歸鄕을 생각하고 있다는 소문을 들었고
또한 화답시를 구하였기로 삼가 성주의 운을 따라서 짓다

宸憂昔警分
蒞政[1]滌深文[2]
民愛如冬日
治聲聳夏雲
拂袖[3]思三徑[4]
攀轅聚萬群
非言五斗米[5]
可念九重君。

---

1 蒞政(이정): 정치를 맡다.

2 深文(심문): 엄한 법률.

3 拂袖(불수): 결연히 떠나는 모양.

4 三徑(삼경): ① 은자(隱者)의 뜰. 한(漢)의 장후(奬詡)가 뜰에 세 갈래 길을 내고 송(松), 죽(竹), 국(菊)을 심었다는 고사(故事). ② 도연명(陶淵明)의 〈귀거래사(歸去來辭)〉 참조.

5 五斗米(오두미): 도연명의 〈귀거래사〉의 병서(並序)에 집이 가난하여 다섯 말(五斗米)의 봉급과 밭에서 나는 소출 때문에 팽택현(彭澤縣)의 현령직을 맡게 되었다는 말이 있음.

예부터 임금님은 본분을 지키도록 신칙申飭하는 일 걱정하셨고
정사政事에 임하여 가혹한 법률도 없애라 하셨네
성주의 백성 사랑함은 겨울 해 같고
치리治理의 명성은 여름 구름처럼 우뚝 하구나
결연決然히 벼슬을 버리고 은거隱居할 것 생각하니
많은 백성들 모여 들어 수레 채를 붙들고 만류挽留하네
이는 오두미五斗米의 녹봉祿俸을 말하려는 게 아니라
구중궁궐에 계신 임금님을 생각해야 하기 때문일세.

附城主求和詩
성주城主의 화답을 구하는 시를 첨부함

清談[1]且夜分[2]

何忍見天文

漠漠[3]前林雨

依依[4]遠峀雲

此時人不見

何日鹿爲群[5]

獨有孤菴在

寥寥[6]對此君[7]。

---

1 清談(청담): ① 세속을 떠난 고상한 이야기. ② 위(魏)·진(晋) 시대 선비들이 노장(老莊)
을 모방하여 세상 일을 버리고 속세를 떠난 청정무위(淸淨無爲)의 공리공담(空理空談)을
하던 일.

2 夜分(야분): 밤, 밤 중(夜半).

3 漠漠(막막): 넓고 아득한 모양.

4 依依(의의): 멀어서 희미한 모양.

5 鹿爲群(록위군): 좋은 인재들이 주위에 모임을 암시한 듯함.

6 寥寥(요료): ① 쓸쓸한 모양. ② 공허한 모양.

7 此君(차군): 대나무의 이칭(異稱).

속세를 떠난 맑은 담화談話에 밤은 깊어갔으니
어찌 차마 은하수 하늘가로 기우는 걸 바라보랴
눈앞에 펼쳐진 아득한 숲엔 비가 자욱이 내리는데
희미한 먼 산골짜기는 구름에 덮여 있네
이때 사람들은 보이지 않으니
어느 날 사슴은 무리를 지어 모일까
홀로 외로운 암자에 몸을 의탁하고
쓸쓸히 대나무 숲만 바라보노라.

又喜聞城主不遞還官再續前韻

성주城主께서 체임遞任되지 않고 관부官府로 돌아왔다는 소문을 듣고
기뻐서 다시 앞의 운을 써 짓다

輕重自能分
旋[1]膺使相[2]文
爭迎再赴遜
咸喜旱時雲
氷玉難爲儷
仁明孰與群
斯言非面瞞[3]
民亦有天君[4]。

---

1 旋(선): ① 도리어, 오히려. ② 갑자기, 빨리.
2 使相(사상): 절도사(節度使), 여기서는 관찰사(觀察使), 즉 도백(道伯)을 말함.
3 面瞞(면만): 눈앞에서 속이다.
4 天君(천군): 마음.

경중輕重을 스스로 분별할 수 있어
생각을 돌이켜 도백道伯의 권유를 받아드렸네
백성들이 다투어 재취임을 환영하니
모두 가문 날 비구름을 보는 듯 기뻐하네
빙옥氷玉같은 고결함은 짝하기 어렵고
어질고 밝은 덕은 뉘라서 더불어 무리가 되랴
이것은 눈앞에서 속이는 말이 아니니
백성들도 또한 밝은 마음을 가지고 있다네.

吳賢侍舊契違進提壺遠訪且寫短律以示情眷
余甚感慰因此瓊韻敢布謝悃兼呈諸益

오현시는 오랜 친구로 만나지 못하다가 술병을 들고 멀리서 나를 찾아
왔다 또 짧은 시詩 한 수首를 지어 잊을 수 없는 정분을 보여 주어 나도
심히 마음속으로 위로를 받고 감격하여 그의 운을 따라서 한 수 지어
그가 보여준 정성에 감사의 뜻을 펴 보이고 겸하여 여러 벗들에게도
드리노라

兄弟兩間稱友于[1]

豈於交際友于無

相隨情意推同氣

共戒恒心在作巫

雲樹[2]數年勞夢想

金蘭今日列方隅[3]

疎愚狂簡[4]人休笑

函丈[5]曾前學者徒。

---

1 友于(우우): 《논어(論語)》에서 형제 사이가 좋은 것을 말함.
2 雲樹(운수): ① 운수지회(雲樹之懷), 벗을 그리워하는 정(情). ② 벗이 서로 멀리 떨어져
　있음을 비유.
3 方隅(방우): ① 한쪽 구석. ② 사방의 귀. ③ 경계선.
4 狂簡(광간): 거칠고 소홀함.
5 函丈(함장): ① 스승과 자기 사이는 일장(一丈)가량 떼어 놓는 일. ② 스승에게 올리는
　편지에서 성함 밑에 붙여 쓰는 말. 스승의 뜻으로 쓰인다.

공자께서 형제 사이가 좋은 것을 칭찬하셨는데
어찌 사귐에 우애友愛가 없을 손가
서로 따르는 정의情意는 동기간과 다름없어도
항심恒心에 미혹迷惑이 생기는 것을 경계해야 하네
수년 동안 멀리 떨어져있어 꿈속에서도 그대를 생각했는데
우리의 아름다운 우정이 오늘은 네 귀로 나뉘어 섰네
어리석고 거칠다고 사람들이여 비웃지 마시라
일찍이 스승 앞에서 함께 배우는 무리였었네.

吾君休道[6]習盤于[7]

無慮無思似我無

修屋誰爲都料匠[8]

懷椒難降決疑巫

耗頭昨夜明天際

重霧今朝暗座隅

萬象霏微[9]渾不見

招招[10]舟子[11]更誰徒。

---

6 休道(휴도): 말하지 말라.

7 盤于(반우): ① 빙빙 도는 것. ② 구불구불 구부러지는 것. ③ 굴곡이 많은 것.

8 都料匠(도료장): ① 도목수. ② 목수의 우두머리.

9 霏微(비미): ① 가랑비, 가랑눈 따위가 가늘고 빽빽이 내리는 모양. ② 비비(霏霏). ③ 사물의 모양(부옇다/ 선명하지 않게 희읍스름하다. / 연기나 안개 낀 것 같다.).

10 招招(초초): ① 손을 들고 부르는 모양. ② 큰 소리로 부르는 모양.

11 舟子(주자): 뱃사람, 뱃사공.

그대는 구불구불 도는 길에 익숙하다 말하지 말라
나처럼 허심虛心 담담淡淡한 사람 없다네
집을 수리하는데 누구를 도목수로 쓸 것인가
아첨하는 신하를 품으면 물리치기 어렵고 의혹을 풀어야하리
지난밤 머리털이 다 빠지도록 고심苦心하다 하늘가는 밝아 오고
짙은 안개에 쌓인 오늘 아침 자리 구석구석이 어둡기만 하구나
온갖 물상物像들이 희끄무레하여 전혀 보이지 않는데
손짓하여 사공을 부르는 사람은 또 누구의 무리인가.

古人逢敵必於于[12]

今世於于者有無

摧陷[13]孰能當鐵騎

安危寧欲問神巫

士夫顚倒[14]投山谷

玉輦[15]蒼黃[16]向海隅

此日思良烏可已

周宣[17]任用穆公[18]徒。

---

12 於于(어우): 인은(仁恩)을 베푸는 모양.

13 摧陷(최함): 기가 꺾여 함정에 빠짐. 좌절하여 파괴됨.

14 顚倒(전도): ① 굴러 떨어짐. ② 허둥지둥하는 모양.

15 玉輦(옥련): 옥(玉)으로 장식한 임금의 수레

16 蒼黃(창황): 허둥지둥 어쩔 줄 모름

17 周宣王(주선왕): 이름은 정(靜). 윤길보(尹吉甫)·방숙(方叔)·소호(召虎) 등을 시켜 사방
    의 오랑캐를 평정하고 주(周) 왕실의 중흥(中興)을 가져옴.

18 穆公(목공): 주선왕의 신하로 이름은 소호(召虎). 왕명으로 회이(淮夷)를 정벌함

옛 사람은 도적을 만나면 반드시 인자仁慈함을 베풀었는데
지금 세상에 은혜를 베푸는 사람 있는지, 없는지
기가 꺾여서 패하면 누가 능히 철기鐵騎를 당해 내랴
국가의 안위安危를 어찌 신령한 무당에게 물으려 하나
사대부士大夫는 허둥지둥 산골짜기로 달아나고
임금의 수레는 어쩔 줄 모르고 바닷가로 향하는 구나
오늘 어진 인재를 생각하나 어찌 얻을 수 있으랴
주선왕周宣王은 목공穆公의 무리를 임용任用 했었네.

武皇¹⁹當日逐單于²⁰

大漠王庭漢世無

壯略擧皆稱盛事

甘泉²¹何獨惑妖巫

卽今蹂躪²²關西界

焉得芟夷塞北隅

我願宸衷²³修實德

風來空穴²⁴語非徒。

---

19 武皇(무황): 한(漢)의 무제(武帝)인 유철(劉徹).

20 單于(선우): 중국 북방의 흉노(匈奴) 왕의 칭호.

21 甘泉(감천): 한(漢)나라 궁전. 한(漢)의 무제(武帝)가 도교의 방사(方士)들에게 현혹되어 장생술을 구한 것을 말함.

22 蹂躪(유린): ① 짓밟음. ② 폭력으로 남의 권리나 인격을 누르고 침해함.

23 宸衷(신충): 천자의 뜻.

24 風來空穴(풍래공혈): 공혈래풍(空穴來風). 유언비어(流言蜚語)가 틈을 타 들어옴. 송옥(宋玉)의 〈풍부(風賦)〉 참조.

　※ 사마천(司馬遷)의 〈사기(史記)〉에 보면 초(楚)의 대부 송옥(宋玉)이 양왕(襄王)이 교만하고 사치스러워 부(賦)를 지어 풍자했다 함

한漢의 무제武帝 당시에 흉노의 추장酋長을 쫓아냈는데
사막沙漠의 대왕 선우單于의 뜰에 한나라 세상은 없었네
뛰어난 계략을 모두가 성대한 일이라 칭찬하지만
감천궁甘泉宮은 어찌 요사스런 무당에게 현혹眩惑되었나
지금 관서關西의 경계가 적병에게 짓밟혔는데
어떻게 변방邊方 북쪽의 오랑캐를 없앨것인가
원하옵건대 임금께서 정성스런 마음으로 덕을 닦으시기를
바람이 문틈으로 새어든다는 말이 헛된 말이 아닐세.

先王成憲可監于
理亂從來彼此無
如子民歸皆是聖
防川水壅[25]莫非巫
若能置腹推心赤[26]
那有憂時向屋隅
路阻天門[27]千里遠
寧爲西塞[28]志和[29]徒。

---

25 防川水壅(방천수옹): 내(川)의 흐름을 막고 수로(水路)를 막아버리다.
26 心赤(심적): 거짓이 없는 참된 마음(사람).
27 天門(천문): 궁궐 문.
28 西塞山(서새산): 절강성(浙江省) 오흥현(吳興縣)의 서남쪽에 있음.
29 張志和(장지화): 당대(唐代)의 시인이며 은자(隱者)임.
　※ 장지화의 〈어부가(漁父歌)〉:「西塞山前白鷺飛, 桃花流水鱖魚肥」.

선왕께서 이루신 법을 거울삼으시오
혼란한 세상을 다스리는데 저편 이편 따로 없지요
자식 같은 백성을 돌아오게 하는 이가 모두 성군인데
언로言路가 막히어 거짓 아닌 게 없군요
만약 심복心腹을 둔다면 참된 이를 천거하시오
어찌 시국을 근심하며 집구석 향해 한숨지으리
길이 막혀 궁궐 문은 천리나 멀리 떨어져 있으니
차라리 서새산西塞山 아래 장지화張志和의 무리가 되리.

束帛[30]丘園昔貢于

邇來此事有耶無

丈夫自許行周道[31]

神氣[32]何殫見大巫

每仰衆星環北極[33]

幾歎吾老失東隅[34]

晴窓獨坐空啼鳥

一室蕭然[35]四壁徒。

---

30 束帛(속백): ① 나라 사이에 외교로 쓰이던 예물. ② 가례(家禮) 때 납폐로 쓰이던 예물. ③ 속수례(束脩禮): 처음으로 스승을 뵈올 때 예물로써 값싼 포 한 묶음을 드렸음. (용례: 원자가 입학하였다. 학생복을 입고 문묘에 참배하여 작을 드리고, 박사에게 속수례를 행하였는데, 속백 한 광주리, 술 한 병, 포 한 소반이었다.)

31 周道(주도): 주(周)나라 때의 정교(政敎).

32 神氣(신기): ① 신기한 운기(雲氣)(음양·오행). ② 만물생성의 원기(元氣). ③ 정신과 기력. ※《장자(莊子)》, 〈천지(天地)〉, 〈전자방(田子方)〉편 참조.

33 「衆星環北極」(중성환북극): ①「爲政以德, 譬如北辰, 居其所而衆星共之」《論語·爲政》. ②「衆星拱北辰」(孟子). ※ 덕치(德治)를 하면 천하 사람의 마음이 다 돌아와 일일이 따라다니며 교정하는 수고를 하지 않아도 나라가 잘 다스려짐을 말한 것이다. 즉 북극성이 제자리에 있으면 뭇별들이 북극성을 향하여 돌아감을 뜻한 것으로 천자가 덕치를 하면 제후들의 통치도 저절로 잘됨.

34 東隅(동우): ① 동쪽 귀퉁이. ② 동쪽의 나라.

35 蕭然(소연): ① 쓸쓸한 모양. ② 텅 비어 허전한 모양.

그 옛날 화원花園에서 드린 속백束帛의 예는 아름다웠는데
요사이 이 일은 있는지 없는지 흐릿해졌네
대장부 스스로 주도周道를 실행키로 허락했는데
무슨 까닭으로 신묘한 영기靈氣는 사라지고 큰 무당만 보이는가
매양 뭇별이 북극성을 향하여 에워싼 것 우러러 보면서
동쪽 귀퉁이가 무너졌는데 우리 노인들은 길게 탄식만 한다네
맑게 개인 창가에 홀로 앉았으니 새들만 부질없이 지저귀는데
방 안엔 오직 사면四面의 빈 벽만 쓸쓸히 서있네.

次唐賢送官人入道韻留別在宮諸娥伴
당唐 현인賢人의 「송관인입도시送官人入道詩」의 운운韻을 따라
한 수 지어 궁宮에 있는 여러 미인들과 작별하다

求仙是非爲吾衰

誤信瑤壇[1]勝玉墀[2]

莫謂宮中遺帝眷

自耽天上化黃眉[3]

離群偏性辭歸日

灑涕諸娥惜別時

魏闕[4]清都[5]從此隔

好專恩寵侍衣垂。

---

1 瑤壇(요단): 선인(仙人)이 사는 곳.

2 玉墀(옥지): 대궐 뜰.

3 黃眉(황미): 선인(仙人). 《서경잡기(西京雜記)》에 보면 동방삭(東方朔)이 몽홍(濛鴻)의 못가에서 놀 때 문득 황미옹(黃眉翁)을 만났는데, 그가 말하길 공기만 마시고 산지 9천 년이 되었다고 했다.

4 魏闕(위궐): 높고 큰 문, 궁전의 정문으로 법령을 게시(揭示)하던 곳, 즉 조정(朝廷)을 이름.

5 清都(청도): ① 천제(天帝)의 궁궐. ② 천자(天子)의 도읍(都邑).

신선神仙을 구하는 게 옳은지 그른지 따지는 것은 내가 쇠한 때문인데

그릇된 믿음으로 신선 세계가 대궐보다 낫다하네

궁중에서 임금의 은총과 돌보심을 잃었다고 말하지 말라

스스로 천상天上의 일에 탐닉耽溺하다 보니 신선이 되었구려

무리를 떠나 편벽된 성품으로 세상과 작별하고 돌아가는 날은

눈물을 뿌려 여러 미인들과 작별을 아쉬워하는 때일세

이로부터 궁궐과 천제天帝의 궁은 영원히 길이 막히리니

왕의 은총을 독차지한 시종侍從이라 전해지리.

次佐郞韻

좌랑佐郞의 운을 따라서 짓다

朝逢晚別須臾[1]際
若舊情懷惜去留
歸路烟花香滿袖
前江風浪泛虛舟
慇懃[2]縱[3]許重來約
會合那期更惹愁
一掩柴門山岳隔
不堪新月卦空邱。

---

1 須留(수유): 잠시.
2 慇懃(은근): p.36 주(註) 2 참조.
3 縱(종): 가령, 설령. 가정(假定)의 뜻.

아침에 만나 저녁에 작별하니 정말 잠시 동안인데
옛 생각 떠올라 그대 머무르고 떠나는 모습 애처롭다
그대 돌아가는 길에 노을빛과 꽃향기 옷소매에 가득하고
앞 강에 이는 풍랑風浪에 빈 배만 떠 흐르리
그대 은근히 다시 찾아 올 것 약속했지만
어느 때 만나게 될지 또 근심이 머리를 쳐드네
한 번 사립문 닫으면 겹겹이 산으로 막힐 터인데
초승달이 빈 언덕에 걸려 있는 모습 차마 보지 못하겠네.

市遠家貧供草草[4]
佳賓難與暫時留
尋眞莫疑蓬萊島[5]
返棹還如雪夜舟[6]
短律長篇非謾興[7]
落花啼鳥似深愁
門前錦浪君須記
一半華山[8]亦勝邱。

---

4 草草(초초): ① 급히 서두르는 모양. ② 간략한 모양.
5 蓬萊島(봉래도): 봉래산, 신선이 살고 있다는 산으로 된 섬.
6 《世說新語·任誕(세설신어·임탄)》에 있는 고사(故事). 왕휘지(王徽之)가 눈이 온 밤에
  섬계(剡溪)에 있는 대규(戴逵)를 찾아갔다가 기분이 바뀌어 만나지 않고 집 앞에서 곧장
  돌아왔다고 함.
7 謾興(만흥): 만흥(漫興), 자연스럽게 저절로 일어나는 흥취.
8 華山(화산): 중국 섬서성에 있는 산. 오악(五嶽)의 하나.

시장이 멀고 집이 가난하니 드리는 음식도 변변치 않아
아름다운 손님 잠시 머무르게 하기도 어렵구나
신선을 찾아 봉래산蓬萊山에 온 것을 의심치 말라
눈 오는 밤 벗을 찾아 왔다 배를 돌려 돌아가는 왕휘지 같네
주고받은 단시와 장편 시는 절로 일어난 흥취 읊은 것 아니요
떨어지는 꽃잎과 슬피 우는 새소리도 깊은 시름 자아내누나
문 앞의 비단 물결을 그대는 마땅히 기억하리라
반 조각 화산華山에 경치 좋은 언덕이 있다네.

附佐郞求和韻
좌랑佐郞의 화답을 구하는 시를 첨부하다

空冷灘上東歸客
蕭寺懸燈一夜留
三峽[1]雲烟迷去路
二陵[2]風雨滿孤舟
汀蘺草綠騷人[3]怨
山杏花開杜宇[4]愁
欲向龍門尋舊約
桃源何處有仙邱。

---

1 三峽(삼협): 사천(泗川), 호북(湖北) 양성의 경계인 양자강 중류에 있는 세 협곡. 무협(巫峽), 구당협(瞿塘峽), 서릉협(西陵峽).

2 二陵(이릉): 남릉(南陵), 북릉(北陵), 모두 효산(崤山)에 있다. 하남성(河南省) 낙녕현(洛寧縣) 북쪽 60리. 남릉은 하후(夏后) 고(皋)의 묘, 북릉은 문왕(文王)이 비를 피한 곳이다.

3 騷人(소인): ① 굴원(屈原)·송옥(宋玉) 등 일파의 문사(文士). 초(楚)의 굴원이 '이소(離騷)'를 지은 데서 일컫는 말. ② 널리 시인(詩人)이란 이름으로 쓰임.

4 杜宇(두우): 촉(蜀)나라 망제(望帝)의 이름. 죽어서 두견새가 되었다고 한다.

맑고 차가운 여울 가를 따라 동쪽으로 돌아가는 길손이
추녀 끝에 등불 매단 쓸쓸한 절에서 하룻밤을 머무네
골짜기를 뒤덮은 안개 구름에 갈 길을 잃고 헤매는데
구릉丘陵을 넘어오는 비바람은 외로운 배 가득히 몰아오네
물가의 왕골 풀과 초록빛은 시인의 애처로움 자아내고
산속에 살구꽃 활짝 피니 두견새 우수憂愁에 젖노라
친구와의 옛 약속 지켜 용문龍門을 향하여 가려하나
복사꽃 핀 물가 어느 곳에 신선의 세계가 있을는지.

次杜工部卜居韻

두보杜甫의 복거卜居[1] 시에 운을 따라서 짓노라

曾向名場已掉頭

來卜菟裘[2]地最幽

流水靑山仁智樂

創慳開秘[3]鬼神愁

巖邊晝靜松陰落

洞裡香飄桂子[4]浮

光景四時隨處[5]好

生涯從此[6]付漁舟。

---

1 卜居(복거): 살 곳을 점(占)쳐서 정함.
2 菟裘(토구): 은퇴하여 살 곳. 노(魯)나라 은공(隱公)의 은거처에서 연유한 말.
3 創慳開秘(창간개비): 하늘이 아껴서 비밀히 숨겨둔 곳을 처음으로 열어 보이다.
4 桂子(계자): 계수나무 열매.
5 隨處(수처): 어느 곳이나, 이르는 곳마다.
6 從此(종차): ① 이 다음. ② 이후. ③ 이제부터, 지금부터.

일찍부터 공명功名을 다투는 자리엔 이미 머리를 내저은 터이지만
은거지隱居地를 찾아 점占쳐 정하고보니 세상에서 가장 그윽한 곳일세
산과 물은 예로부터 어진 이와 지혜로운 사람이 즐겨 찾는 곳인데
하늘이 아끼고 감췄던 곳을 처음 여니 귀신이 근심하겠네
깎아지른 바위 주변은 한낮에도 조용하고 소나무 그늘 짙은데
골짜기에서 꽃향기 바람에 실려 오고 계수나무 열매는 계곡물에 떠 흐른다
사계절의 경치는 어디를 가도 모두 아름다운데
지금부터 나의 생애를 낚시 배에 의탁하노라.

和閔而靜汝鎭韻
이정而靜 민여진閔汝鎭[1]에게 화답하는 시

閔碩士汝鎭自京向嘉平高峴別墅[2]爲訪余于一雲江村泛
虛亭因往高峴數日後又來陋止且贈四韻詩三首余感慰
因拾荒拙以酬珍重厚意。

선비 민여진이 서울에서 가평嘉平의 고현高峴리 별장을 방문한 것은 일
운一雲리 시골의 범허정泛虛亭에 있는 나를 찾기 위함이었다. 이로 인하
여 나도 고현리에 갔다. 며칠 후에 또 내 누거陋居를 찾아와 머물면서
사운四韻 율시律詩 세 수首를 지어 주었다. 나도 마음에 위로를 받고 감
격하여 황졸荒拙한 글 솜씨를 가다듬어 값진 후의厚意에 응답하다.

---

1 閔汝鎭(민여진): 자는 이정(而靜), 호는 석담(石潭), 벼슬은 첨정(僉正), 종 4품의 관직. 지
애공(芝崖公) 민형남(閔馨男)의 둘째 아들이다.

* 민형남(1564/명종19~1659/효종10), 조선 중기의 문신임. 본관은 여흥(驪興), 자는 윤부
(潤夫), 호는 지애(芝崖)이다. 좌찬성 효증(孝曾)의 증손이다. 광해군 때 여주군(驪州君)
에 봉군되어 지돈녕 부사가 되었다. 인조반정 후 한때 원주(原州)로 물러나 지내다가
다시 임용되어 예조참판이 되었고 1636년 병자호란 때 국왕을 호종하여 남한산성으로
들어가 전란 종식을 위해 헌신 노력함. 1638년 형조판서 및 지의금부사가 되었고 1647
년 우찬성, 1658(효종9) 판중추부사가 되어 기로소(耆老所)에 들어갔다. 향년 98세.

2 別墅(별서): 농장이나 들에 따로 지은 집. 서(墅)는 전원(田園)의 농막(農幕)이라는 뜻.

敬次第一
삼가 차운_{次韻}한 제 1수_首

花徑蓬門[3]廢掃開
壁間懸榻[4]已生埃
喜聞剝啄[5]筇音[6]近
細做談論玉屑[7]堆
今夕追隨非謾興[8]
百年知遇且深杯
主人晚節雖多愛
仙客如何去又來。

---

3 蓬門(봉문): ① 쑥대로 만든 문. ② 은자(隱者)의 집.
4 懸榻(현탑): 의자를 추녀에 매어 달다. 앞의 진번(陳蕃)의 고사 p.43 주(註) 22 참조.
5 剝啄(박탁): 문을 똑똑 두드리는 소리.
6 筇音(공음): 지팡이 끄는 소리.
7 玉屑(옥설): 잘 지은 시문(詩文)을 가리키는 말.
8 謾興(만흥): 이렇다 하는 느낌이 없이 저절로 일어나는 흥취(興趣). 만흥(漫興).

꽃길과 봉문蓬門을 버려두고 열지 않았더니

벽 사이에 매어 단 탑자榻子엔 먼지가 쌓였네

지팡이 끄는 소리 가까워지더니 문 두드리는 소리 듣고 기뻐하고

자상한 담론談論 주고받노라니 아름다운 글 쌓이네

오늘 저녁 그대 쫓아 지은 시는 가벼운 흥취 아니요

백년의 지인知人을 만나 술잔 가득히 술을 따르네

주인主人의 늙으막 절개 비록 사랑스럽긴 하지만

선객仙客은 무슨 까닭으로 떠났다가 다시 돌아오는가.

敬次第二
삼가 차운_{次韻}한 제 2수_首

小車乘興[9]出林坰[10]
探勝[11]尋幽憩我亭
顧問移居何歲月
曾無曆日記天星
種松已見龍成甲
短髮空令鶴羨齡
縱有江山焉[12]得趣
杖藜[13]時復笑伶俜[14]。

---

 9 乘興(승흥): 흥이 나서. 마음이 내킴.
10 林坰(임경): 숲과 들.
11 探勝(탐승): 명승지(名勝地)를 찾음.
12 焉(언): ① 어찌, 어찌하여. ② 어디에서, 어디에.
13 杖藜(장려): 명아주 지팡이.
14 伶俜(영빙): ① 외로운 모양. ② 영락(零落)한 모양.

작은 수레에 몸을 싣고 흥이 나 숲과 들을 찾아 나섰다가

아름다운 경치와 깊숙한 골짜기를 찾아와 내 정자에서 쉬네

주위를 돌아보고 어느 해부터 옮겨와 사느냐고 묻지만

일찍이 책력을 가진 일 없으나 하늘의 별은 기억하고 있으리

옛날 심은 소나무는 용과 같이 자라서 갑옷처럼 솔보굿이 생겼는데

짧은 머리에 부질없이 학처럼 나이만 먹었구려

비록 강산江山이 있은들 어디에서 흥취를 얻으랴

지팡이에 의지한 나의 영락零落한 모습이 때때로 우습다네.

敬次第三

삼가 차운次韻한 제 3수首

此日棲棲莫歎傷
鵬程萬里[15]最脩長
壯行[16]不遠勞心智
素志[17]無他見鐵腸
經濟已期民物阜
立揚須待姓名香
君家且有陳家[18]美
才調難言某也强。

---

15 鵬程萬里(붕정만리): 봉(鳳)새가 날아가는 먼 길.
16 壯行(장행): 어릴 때 배운 것을 장년(壯年)에 실행하려는 것.
　　※ 〈맹자(孟子)〉;「夫人幼而學之, 壯而欲行之」.
17 素志(소지): ① 평소의 뜻. ② 본디의 뜻.
18 陳家(진가): 후한(後漢)의 진번(陳蕃)을 일컬음. p.43 주(註) 22 진번(陳蕃) 참조.

오늘 초조焦燥해하고 탄식하며 상심치 말라

붕정만리鵬程萬里 길은 가장 먼 길일세

머지 않아 장도壯途에 올라 심지心智를 수고롭게 해야 하리니

평소에 품은 뜻은 다른 것 아니라 무쇠 같은 심장心腸 보여주는 것이네

나라를 경영하여 백성의 재물이 넉넉해지기를 기대하고

입신양명立身揚名하여 마땅히 그 이름 향기로워지기를 기다리네

그대 집안은 또한 진陳씨 가문家門의 미덕美德이 있고

세상일을 처리하는 재주는 아무개가 더 났다 말하기도 어렵겠네.

附閔生求和韻
민 선비의 화답을 구하는 시를 첨부함

山下茅齋[1]向水開
此間蕭灑[2]絶塵埃[3]
雨餘脩浪蛟龍滑
霜後群峰錦繡堆
松影自飜床上卷
菊英聊[4]泛手中杯
白頭無事逍遙[5]處
榮辱何嘗近耳來。

---

1 茅齋(모재): 띳 집, 오두막.
2 蕭灑(소새): 산뜻하고 깨끗한 모양.
3 塵埃(진애): 먼지와 티끌.
4 聊(료): 애오라지, 그런대로.
5 逍遙(소요): 슬슬 거닐어 돌아다님.

산 아래 초가집은 냇물을 향하여 열려 있고
맑고 깨끗한 이 사이에 세상의 먼지와 티끌 끊어졌네
비 그친 뒤 아름다운 냇물에 교룡이 놀고
서리 내린 산봉우리는 고운 비단을 쌓아 놓은 듯
소나무 그림자는 상 위에 놓인 책 위에 어른거리고
손에 잡은 술잔엔 그런대로 국화꽃이 떠있네
늙은 나이에 일이 없어 한가롭게 지내니
어찌 영욕榮辱이 몸 가까이 다가오랴.

幽居[6]不異在郊坰[7]

爲問何年築此亭

近接西方仁者土

逈臨南極老人星[8]

滿天風月酣千日

特地江山護百齡

仍[9]得彩衣稱慶樂[10]

紫霞仙客[11]苦伶俜[12]。

---

6 幽居(유거): ① 쓸쓸하고 궁벽한 곳에 사는 일. 또한 그러한 집. ② 세상을 피하여 외딴 곳에 삶. 즉 은자(隱者)가 사는 집.

7 郊坰(교경): 교외(郊外).

8 南極老人星(남극노인성): p.46 주(註) 1 참조.

9 仍(잉): ① 곧, 이에, 결국. ② 역시, 여전히, 그 위에. ③ 인하여, 거듭.

10 得彩衣稱慶樂(득채의칭경락): 선조(宣祖) 38년 을사(乙巳)에 갖은 속소당의 조모인 100세 부인 인천 채(蔡)씨의 경수연(慶壽宴)과 이 자리에 참여한 자손을 말함.

11 紫霞仙客(자하선객): 선궁(仙宮)에 사는 사람.

12 伶俜(영빙): ① 외로운 모양. ② 영락(零落)한 모양

은사隱士의 거처居處가 서울 교외郊外와 다르지 않아

어느 해 이 정자를 지었는지 물어보네

서쪽으로 인자仁者가 사는 땅과 가깝고

남쪽으로 멀리 노인성老人星을 향하여 앉아 있다

하늘에 가득한 맑은 바람과 달빛은 천일千日을 두고 즐거운데

특별한 산수山水가 백 살의 나이를 지켜주네

그 위에 채색 옷을 얻어 경사慶事라 칭송하는데

자하궁紫霞宮에 사는 선인仙人은 쓸쓸하다고 말하네.

生涯冷淡13世皆傷
獨自陶陶14興甚長
不必珍羞15方適口
何須玉食16合充腸
烹來露圃17朝餐軟
炊出沙田18晚粥香
誰識天然一味足
却扶神氣19八旬強。

---

13 冷淡(냉담): ① 쌀쌀함. ② 애정이 없음. ③ 인정이 없음.
14 陶陶(도도): p.35 주(註) 6참조.
15 珍羞(진수): 맛이 좋은 음식.
16 玉食(옥식): 상동(上소).
17 露圃(노포): 노지(露地), 혹은 옥외(屋外)나 들에 있는 밭.
18 沙田(사전): 모래밭이나 자갈밭.
19 神氣(신기): p.143 주(註) 32 참조.

삶이 냉담하다고 세상 사람들 모두 슬퍼하는데

홀로 도도陶陶한 흥취 심히 높구나

진귀珍貴한 음식이 반드시 입에 맞는 것 아니니

어찌 옥과 같은 음식이 창자를 채우는데 적합하랴

밭에서 뜯어 온 채소 삶아 마련한 아침 밥상 부드럽고

모래밭에서 나온 곡식으로 끓인 저녁 죽은 향기로워라

자연의 맛이 그대로 족足한 것을 그 누가 알랴

도리어 이 맛이 기력을 돋우어 팔순의 나이에도 건강하구려.

詠鷄雛群得金字時自驪江來寓新昌縣

금金자 운을 얻어 병아리를 시로 읊다.
이 때 여주驪州로부터 신창현新昌縣으로 와서 우거寓居하다

鷄雛[1]猶未羽如金
當午無聲過竹林
擊柝[2]孤城[3]吹鼓角[4]
思鄕淸曉只山禽[5]
慇懃聚養情非淺
啁哳[6]期聞意亦深
爲善孜孜[7]須爾輩[8]
司晨[9]何日警吾心。

---

1 鷄雛(계추): 병아리.
2 擊柝(격탁): 딱따기 치다. 병아리가 짹짹 우는 것을 비유적으로 표현한 듯함.
3 孤城(고성): ① 외딴 성. ② 지원이 끊어진 성.
4 鼓角(고각): 군중(軍中)에서 호령할 때 쓰이는 북과 나팔.
5 山禽(산금): 산새.
6 啁哳(주찰): 주추(啁啾). 새가 지저기는 소리.
7 孜孜(자자): 부지런히 힘쓰는 모양.
8 爾輩(이배): 너희 무리. 이조(爾曹).
9 司晨(사신): ① 당대(唐代) 사천대(司天臺)의 관원. 날 새는 것을 알리는 일을 맡음. ② 닭 우는 일. 닭의 이칭임.

병아리가 아직 날개가 자라지 않아 노란 금덩이 같은데
정오正午가 되어 소리 없이 대 숲을 지나가네
외로운 성엔 딱따기 치는 소리와 북과 나팔소리 울리고
맑은 새벽에 고향 생각나게 하는 것은 산속의 날짐승뿐이네
정성스럽게 모아 기른 은근한 정 결코 얕지 않은데
짹짹 우는 소리 들으려고 기다리다 보면 나 또한 깊은 생각에 잠긴다네
부지런히 애써 모이를 잘 줍는 건 모름지기 너희 무리인데
어느 날 새벽을 알려 내 마음을 깨우쳐주랴.

謹酬李措大[1]雅侍韻以示鄙意
삼가 청빈淸貧한 선비 이아시李雅侍의 운을 받들어
나의 비천卑賤한 뜻을 보이다

倦鳥[2]猶知趁[3]夕還

旅人何獨淚潸潸[4]

萍蓬湖海逢寒食

風雨松楸想故山

去歲驪州江草綠

今春介浦渚花斑

問君何日胡塵靜

悵望西關撫劍環[5]。

---

1 措大(조대): 청빈한 선비.
2 倦鳥(권조): 날다가 지치고 실증이 난 새.
3 趁(진): ① 뒤쫓다, 따라 붙다. ② 타다, 편승(便乘)하다.
4 潸潸(산산): ① 비가 오는 모양. ② 눈물이 하염없이 흐르는 모양, 산연(潸然).
5 劍環(검환): 장검의 코등이.

날다 지친 새도 저물녘엔 보금자리로 돌아올 줄 아는데
나그네는 무슨 까닭으로 홀로 눈물을 삼키나
부평초처럼 떠도는 몸이 시골에서 한식寒食을 맞았는데
고향 산 비바람 속에 있을 조상의 묘를 생각하네
지난해 여주驪州 강가엔 풀이 푸르렀는데
금년 봄 개포介浦 물가엔 꽃이 어지럽게 피었네
그대에게 묻노니 어느 날 오랑캐의 난리는 조용해질까
서글피 관서關西 땅을 바라보며 장검의 코등이를 어루만지네.

遊寶林山次巖庵敏祖師韻

보림산寶林山을 유람遊覽하면서
암암巖庵 민조사敏祖師의 운을 따라서 짓다

依巖小刹寶林頭
人擬玉京[1]天上樓
僧坐清宵摘星宿
客來閑日對蘭舟[2]
遠望湖山隨謾興
參聞空寂息塵愁
欲留仙境沈疴[3]重
孤負[4]天香[5]桂子秋。

---

1 玉京(옥경): 천제가 사는 궁궐.
2 蘭舟(난주): 목란으로 만든 배.
3 沈疴(침아): ① 오래도록 낫지 않는 병. ② 쉽게 고치지 못하는 폐습.
4 孤負(고부): ① 배반함, 거슬림. ② 고부(辜負)와 동일함.
5 天香(천향): 아주 좋은 향기.

보림산 꼭대기 바위에 의지한 작은 절 하나
세상 사람들 천상天上의 옥경루玉京樓에 견주네
맑은 밤 스님들 밖에 나 앉아 하늘의 별자리 찾고
한가한 날엔 손님들 찾아와 그림 배 타네
멀리 호수와 산 바라보노라면 저절로 흥취도 솟아오르고
법연法筵에 나가 앉아 설법을 듣고 잠시 세상 근심 잊어보네
선경仙境에 오래도록 머무르고 싶지만 속세의 병이 깊어
계자향桂子香 맑은 가을날을 쓸쓸히 흘려보내노라.

挽辭失題
제목題目을 잃어버린 만사輓詞

君年於我少三十
交際還如伯仲間
高義獨尊[1]凌雪嶽
深情[2]相許照心肝[3]
悲凉[4]怨笛那堪[5]聽
零落[6]清詩未忍看
此去重泉[7]幾時返
倚閭霜髮眼長寒。

---

1 高義獨尊(고의독존): 고의(高義): 뛰어난 덕행, 또는 높은 의리. 독존(獨尊): 자기만이 존귀(尊貴)하다는 생각.
2 深情(심정): ① 진심, 성의(誠意). ② 상대방을 깊이 생각하는 마음. ③ 깊이 숨겨 둔 마음.
3 心肝(심간): 심장과 간장을 뜻하는 말로「참 마음」을 뜻함.
4 悲凉(비량): 슬퍼함. 또는 슬프고 쓸쓸함.
5 那堪(나감): … 을 어찌 견디랴?
6 零落(영락): ① 잎이나 꽃잎이 시들어 말라 떨어짐. ② 세력이나 살림이 보잘 것 없이 됨. 낙백·낙탁(落魄).
7 重泉(중천): 지하의 사자(死者)가 있는 곳. 황천(黃泉).

그대 나이 나보다 삼십 년이나 젊은데

서로 사귀면서 또한 어금지금한 사이 되었지

고상하고 의로운 기개 홀로 높아 설악雪嶽을 능가하고

깊은 생각 서로 이해하여 참마음을 내보였네

처량하고 애달픈 피리 소리 어찌 들을 수 있으랴

영락零落한 몸으로 읊은 맑은 시편 차마 읽을 수 없구나

이대로 황천길로 한번 가면 언제 다시 올지

백발노인 마을 어귀에 서서 오랫동안 쓸쓸한 눈길로 바라보네.

送春會酒闌李華國[1]言東岳律詩
余因和其韻以謝華國情侍

송춘送春 모임에서 술자리가 끝날 즈음 이화국李華國이 동악東岳의
율시에 대하여 말했다. 내가 이로 인하여 그의 시에 화답하여
화국의 후의厚誼에 감사의 뜻을 표하다

吾君早歲慕伊皐[2]
士類皆稱不世豪
華國才名誰敢敵
尊賢義氣日增高
胡塵盍[3]去遺書籍
事業今來載釣舠[4]
萍水相逢盤谷裡
細論何在酒葡萄。

---

1 李華國(이화국): 청(淸)대의 강릉(江陵) 사람. 자(字)는 서지(西止)요, 호(號)는 죽계노인(竹溪老人)이다. 강희(康熙) 초년(初年)에 무과(武科)에 탐화(探花/3등)로 급제하였다. 서정(徐鼎)에게 배웠는데 산수화에 뛰어났다. 《국조서화가필록·1권(國朝書畵家筆錄·一券)》참조.
2 伊皐(이고): ① 고요(皐陶), 순(舜) 임금의 신하. 법리(法理)에 통달하여 법을 세워 형옥(刑獄)으로 사회질서를 바로 잡았다 함. ② 이윤(伊尹), 은(殷)의 어진 재상. 탕왕(湯王)을 도와서 하(夏)의 걸왕(桀王)을 쳐서 천하를 평정함.
3 盍(합): 어찌 …하지 아니하느냐? ※'하불(何不)'의 합음자(合音字)로 의문의 반어(反語)임.
4 釣舠(조도): 낚싯배. 조선(釣船) · 조주(釣舟).

그대는 젊었을 때 이윤伊尹과 고요皐陶를 사모思慕했으니

선비들 모두 불세출不世出의 호걸이라 칭송했었네

화국華國의 재명才名을 누가 감히 대적하랴

존현尊賢의 의로운 기상 날로 더욱 높아가네

오랑캐의 병란이 어찌 그치지 않았는가 서적을 모두 잃었네

지금까지의 사업을 모두 낚싯배에 실어 보세

부평초와 물이 어울리듯 반곡盤谷에서 만났으니

포도주가 어디에 있을지 자세히 의논하지요.

四友堂在大德山吳氏家前後文章才士
留詠數篇寫以錄之余亦作詩以繼

사우당四友堂은 대덕산의 오씨 집에 있는데 전 후대의 문장과 재사들이
읊은 시 여러 편을 베껴 기록하였다. 나도 시를 지어 그들의 뒤를 잇는다

삽입시詩

天德山前石築臺
高堂[1]輪輿小塘[2]開
孝忠悌信[3]平生慕
竹菊松荷夙昔[4]栽
雲接九龍時雨過
城餘百濟舊邦頹
收禾沃野淸川膾
絶勝迷途[5]困世災。

右朴蘭所作

---

1 高堂(고당): 높고 훌륭한 집.
2 小塘(소당): 작은 연못. 연당(蓮塘).
3 孝悌忠信(효제충신): 효(孝)·제(悌)·충(忠)·신(信)으로 부모를 섬겨 효도를 다하고, 형
　들 받들어 순종한다. 진심을 다하여 하고 신의(信義)를 지켜 거짓이 없게 한다.
4 夙昔(숙석): 좀 오래된 옛날.
5 迷道(미도): 길을 잘 못 들어섬.

천덕산天德山 앞에 돌을 쌓아 터를 만들고

높은 집을 짓고 작은 연못을 팠네

평생토록 효제충신孝悌忠信을 사모하여

그 옛날 대나무 국화 소나무 연꽃을 심었네

구름에 닿은 구룡산九龍山에 때때로 비가 지나고

성터는 남아있는데 옛 백제는 망하였구나

벼를 거두던 기름진 들과 물고기 잡던 맑은 시내

절경絶景에서 길을 잃고 재액災厄을 만나 곤궁했네.

박란朴蘭 지음

削成鰲島[6]眞夼臺

華構分明畵裡開

作古山容歸領略[7]

斬新庭實[8]入封栽[9]

池平掌上泉猶活

天在壺中[10]月不頹

亂後歸然同魯殿[11]

主人高臥可無災。

右車天輅所作

---

6 鰲島(오도): 자라는 등에 삼신산(三神山)을 지고 있음. ① 봉래(蓬萊) ② 방장(方丈) ③ 영주(瀛州).

7 領略(영략): 뜻을 깨달음.

8 庭實(정실): 마당에 가득히 놓인 곡물.

9 封栽(봉재): 봉토(封土) 혹은 봉(封)은 경계(境界)의 뜻. 재(栽)는 〈설문(說文)〉. 〈좌전(左傳)〉에는 〈담으로 쌓은 판자 울타리〉란 뜻이었다. 곧 봉토(封土)의 경계에 세운 판자 울타리란 뜻이니 영지(領地)의 경계를 말함.

10 壺中天(호중천): 호리건곤(壺裏乾坤): 별천치, 신선세상.

11 魯殿(노전): 한(漢)나라 경제(景帝)의 아들 노(魯)의 공왕(恭王)이 궁실 짓는 것을 좋아하여 많은 궁궐을 지었는데 한중(漢中)이 쇠퇴할 때를 당하여 도적떼가 일어나 모든 궁궐이 불타 무너졌으나 영광전(靈光殿)만 남아 있었다함.

깎아지른 삼신산三神山에 신선대神仙臺를 지었으니
분명히 그림 같은 풍경風景 속에 화려한 누각을 열었으리라
옛 산 모습도 새롭게 변하니 고향으로 돌아갈 뜻 깨달았고
햇곡식 영지領地 안으로 실려 들어와 마당에 가득히 쌓였네
손 가까이 있는 고요한 연못엔 신선한 샘물 넘쳐 흐르니
신선의 별천지別天地엔 달도 기울지 않는구나
전쟁 후에 대궐 같은 큰 집에 돌아와서
주인은 베개 높이 베고 누웠으니 재앙도 없었네.

차천로車天輅 지음

紅塵[12]無地起樓臺
遠卜衡茅[13]背郭開
四面雲山皆我有
一區花竹亦吾栽
回塘細雨魚爭出
虛檻移樽玉幾頹
斷送[14]此生無外慕
任窮浮世浪招災。

右洪迪所作

---

12 紅塵(홍진): ① 세상의 번거로운 일. ② 속세(俗世).
13 衡茅(형모): 지붕 없는 대문과 초가집. 은자(隱者)가 사는 초가(草家). 형문(衡門): 두 개
　 의 기둥과 한 개의 횡목(橫木)을 걸쳐놓은 허술한 대문. 은자(隱者)가 거주(居住)하는 곳.
14 斷送(단송): ① 내던짐. ② 아무렇게나 보냄. ③ 뜻 없이 보냄.
　 ※한유(韓愈): 견흥시(遣興詩)「斷送一生惟有酒, 尋思百計不如閒」

홍진紅塵 세상에 누대를 일으킬 땅이 없어

먼 곳을 찾아 성곽城郭을 등지고 초가를 열었네

사방으로 구름 덮인 산은 모두 나의 소유所有요

어느 구역의 화죽花竹도 내가 손수 기른 것일세

집을 빙 두른 연못엔 가랑비 속에 물고기 뛰놀고

빈 대청으로 술자리 옮기고 술잔을 얼마나 기울였을까

뜻 없이 보낸 인생이지만 바깥세상을 사모한 적 없으니

덧없는 세상 가난에 맡긴 몸이 쓸데없이 재난을 불러오네.

홍적洪迪 지음

次

앞 시의 운韻을 따라서 짓다

吾君省察誤靈坮[15]

日與聯芳講席開

正似兩程[16]論格致[17]

那同二陸[18]去培栽

鳶魚上下[19]方塘[20]靜

磨琢[21]從容返照穎

弟問兄酬都是義

天應福善自無災。

---

15 靈臺(영대): 마음을 가리키는 말.

16 兩程(양정): 송(宋)나라 때 성리학의 창시자인 정호(程顥), 정이(程頤) 형제를 가리킴.

17 格物致知(격물치지): 실제적인 사물을 통하여 이치를 궁구(窮究)하여 온전한 지식에 다다름.

18 二陸(이륙): 송나라 때 육구령(陸九齡), 육구연(陸九淵) 형제를 가리킴. 아우 육구연은 호를 상산(象山)이라 하였고 주희(朱熹)와 송대 성리학의 양대 산맥을 형성하였다. 주희와 육씨 형제의 학설을 보면 육구연은 심즉리(心卽理)의 유심론(唯心論)을 주장하여 주희의 주지론(主知論)과 대치하였다. 송(宋)의 순희(淳熙) 2년에 여조겸(呂祖謙)의 주선으로 강서성의 신주(信州)의 아호사(鵝湖寺)에서 주희와 육씨 형제 등이 모여 3일간 토론했으나 학설상의 차이만 확인하고 결론을 얻지 못하였다. 주자(朱子)는 육상산(陸象山)의 〈본심론〉이 지나치게 간략하고 공소(空疎)하다고 비판했고 육상산은 주자의 학설이 지리영쇄(支離零碎)하다고 공박하였기 때문이다.

그대 살펴 깨달은 것은 이 영대靈坮이니

날마다 어진 선비들과 잇달아 강석講席을 열었네

정자程子 형제가 격물치지格物致知 논하는 것 같으니

어찌 육씨陸氏 형제가 심고 가꾸는 이치 버린 것과 같으랴

솔개 하늘에 날고 물고기 못에서 뛰노는데 연못은 고요하고

조용히 마음을 갈고 닦는 사이 저녁 빛은 서쪽으로 기우네

아우가 묻고 형이 대답하는 건 모두 의리義理에 관한 것이요

하늘이 복福과 선善으로 응답하니 재앙災殃이 저절로 물러가리라.

---

19 鳶魚上下(연어상하) : 중용(中庸)의 「鳶飛戾天 魚躍于淵(연비려천 어약우연)」에서 따온
말. 본뜻은 원래 시경(詩經)에 있는데 새나 물고기 같은 미물(微物)이 스스로 만족하게
여기는 모양이다. 중용에 인용된 뜻은 하늘의 도가 위에 있는 하늘(天)과 아래 있는 땅
(地)에 두루 나타남을 말한 것이다.

20 方塘(방당): 네모진 연못(方池). ※ 주희(朱熹)의 〈관서유감(觀書有感)〉에 「半畝方塘一
鑑開, 天光雲影共徘徊, 問渠那得淸如許, 爲有源頭活水來」란 시구가 있음.

21 磨琢(마탁): 절차탁마(切磋琢磨)의 준말임. 학문연구와 수양을 통해서 인격이 이루어짐
을 말한 것이다.

又次送吳逸少上京赴試

또 차운次韻하여 과거 시험을 보려고
서울로 올라가는 오일소吳逸少를 전송하다

曾聞守己慕澹臺[1]
今見眞知自信開
蘭菊有時無早晚
芙蓉出水孰培栽
丹墀[2]獻策披肝盡
黃桂[3]方馨滿首頹
羽化[4]雲程[5]九萬里
塵寰[6]莫念不虞災。

---

1 澹臺(담대): 담대멸명(澹臺滅明). 춘추시대 노(魯)의 무성(武城) 사람. 자는 자우(子羽). 공자(孔子)의 제자. 용모가 추(醜)했으나 행실이 뛰어났음.

2 丹墀(단지): 대궐 뜰.

3 黃桂(황계): 계수나무, 상록교목(常綠喬木)으로 높이 8~15m 가량 자란다. 잎은 긴 타원형으로 두껍고 세 개의 엽맥이 있다. 5~6월경에 황색을 띤 백색의 작은 꽃이 원추형 화서로 피고 흑색 타원형의 열매가 맺는다. 독특한 방향(芳香)이 있으며 나무껍질은 계피(桂皮)라 하여 약재나 향료로 사용함.

4 羽化(우화): ① 몸에 날개가 돋아나 선인(仙人)이 됨. ② 도사(道士)의 죽음을 이르는 말.

5 雲程(운정): 청운(靑雲)의 뜻을 품은 양양한 앞길.

6 塵寰(진환): 티끌 세상, 속세. 진세(塵世).

들으니 담대멸명澹臺滅明을 사모하고 자신을 잘 지킨다는데
참된 지혜를 자신 있게 세상을 향하여 여는 것을 지금 보네
난초와 국화는 꽃피는 때가 정해 있으니 이르거나 늦은 것 없고
물 위에 핀 연꽃은 그 누가 심고 가꾸었을까
대궐에서 책문策文을 올리느라 심간心肝을 모두 드러내고
계수나무 꽃 바야흐로 향기롭게 피어나 머리 가득히 떨어지네
신선이 되어 구름타고 오르는 듯 의기양양意氣揚揚한 구만리 길
진세塵世의 뜻하지 않은 재앙災殃은 생각하지 말라.

在湖西時宋道源來見作詩求和

호서湖西에 있을 때 송도원宋道源이 찾아와 시를 짓고
화답을 구하였다

長安客子[1]未歸身
抱病經年滯海濱[2]
回首東京多梟獟
移家西土避兵塵
山形恰似三千蜀[3]
地勢雄成百二秦[4]
洛下親朋經亂後
相逢謂我武陵人。

---

1 客子(객자): 나그네.
2 海濱(해빈): 바닷가.
3 山形恰似…三千蜀(산형흡사…삼천촉): 촉(蜀)나라 지역은 험준한 산악으로 둘러싸인 분지형(盆地形)의 땅으로 한 번 들어가면 다시 살아나오기 힘들어 진(秦)나라 때 도형수를 그곳에 보냈다고 사마천의 《사기(史記)》에도 기록되어 있음.
4 地勢雄成…百二秦(지세웅성…백이봉: 한(漢)·가의(賈誼)의 〈과진론(過秦論)〉이나 당(唐)·두목(杜牧)의 〈아방궁부(阿房宮賦)〉에 보면 진(秦)의 수도 함양(咸陽)이 천연의 요새로 천리 금성(千里金城)이란 말로 압축하여 표현하고 있다. 앞은 황하로 둘러싸이고 뒤에는 3~4천 미터에 달하는 진령(秦鈴) 산지가 거대한 성곽(城郭)처럼 함양 분지를 수천 리나 둘러싸고 있다.

장안長安의 나그네 집으로 돌아오지 못하고

병을 지니고 여러 해 동안 바닷가에 체류滯留했네

머리를 돌이켜 동쪽의 서울을 바라보니 올빼미 시끄럽게 우는데

서쪽으로 집을 옮겨 병란兵亂을 피하네

산의 형상은 험준險峻한 봉우리 많아 촉蜀나라 산천 비슷하고

웅장한 지세地勢는 험고險固한 진秦나라 땅을 닮았구나

서울 아래에 사는 친한 벗들 전쟁이 지난 후에

만나면 나를 보고 무릉도원 사람이라 하네.

丁丑年[5]前未死身

偸生餘魄老江濱

南渡君臣羞面目

西來消息警風塵

計誤東窓[6]亡大宋

耻深北地帝狂秦

尊周義斷天倫晦

他日何辭對漢人。

---

5 丁丑年(정축년): 1637(인조 15년)에 청(淸)에 항복하였음.

6 東窓(동창): 《서호유기(西湖遊記)》에 보면 송(宋)나라 때 간신(姦臣) 진회(秦檜)가 장군 악비(岳飛)를 죽이려고 아내 왕씨와 동창(東窓) 아래에서 음모를 꾸몄다고 함. 악비를 죽이고 주전파를 탄압하여 금(金)과 굴욕적인 화약(和約)을 채결하였음.

정축丁丑년 이전에 죽지 못한 몸

욕辱되게 살아남은 몸이 강가에서 늙었네

남쪽으로 물을 건넌 군신君臣은 부끄러운 낯빛이었고

서쪽으로 전해오는 소식은 병란兵亂을 경계하라는 것

동창東窓 아래의 그릇된 계교計巧가 송宋을 망하게 했고

북쪽을 잃은 치욕은 포악한 진秦을 황제로 받들게 했네

존주尊周의 의리가 끊어지고 천륜天倫이 희미해졌으니

다른 날 어떻게 한인漢人을 대하여 사과하랴.

謹續宋碩士韻

삼가 송석사宋碩士의 운을 이어서 짓다

自歎儒術不謀身

歲暮來尋寂寞濱

難擊中流北渡楫

有時擧扇西風塵

聞達[1]無心諸葛亮[2]

扶携遠避虎狼秦

村兒莫笑喪家狗[3]

昨日崇禎[4]天地人。

---

1 聞達(문달): 명성(名聲)과 영달(榮達).

2 諸葛亮(제갈량): 181~234. 자는 공명(孔明). 융중(隆中)에 은거했으나 유비(劉備)의 삼고 초려로 그를 도와서 촉(蜀)의 건국을 완성함.

3 喪家之狗(상가지구): 상가의 개. 상가에선 경황이 없어 제대로 개밥도 주지 못해 개가 여윈다는 말. 〈사기(史記)〉.

4 崇禎(숭정): 명(明)의 사종(思宗). 장열제(莊烈帝) 주유검(朱由檢)의 연호(1628~1644).

유가의 도가 일신一身을 꾀하지 못함을 탄식하고

세밑에 쓸쓸한 바닷가를 찾아왔네

강의 한가운데에서 북쪽으로 거슬러 노를 젓기 어려운데

때때로 서쪽에서 불어오는 먼지바람 속에 부채를 펴 드노라

명예와 영달榮達에 무관심한 제갈량諸葛亮은

가족을 이끌고 이리 같은 진秦나라 피하여 몸을 숨겼네

시골의 아이들아 상가喪家집 개 같다고 비웃지 말라

이래봬도 지난 날엔 숭정崇禎 천하의 사람이었네.

國亂思良雖効身

龍兵已據鴨江濱

一惟號令如流水[5]

兩樣推還漲路塵

强弱雖迷事齊楚[6]

是非何吝辨儀秦[7]

陳平[8]束手荊卿[9]死

吾屬當爲左衽人[10]。

---

5 號令如流水(호령여유수):「下令如流水之原…」(史記卷六十二:管晏列傳). 정령(政令)은 낮고 매우 적어야 백성이 행하기 쉬워짐을 말한 것. 관중(管仲)은 정치에서 사유(四維)를 강조하였는데 사유란 예(禮) · 의(義) · 염(廉) · 치(恥)이다. 이것이 행해지지 않으면 나라가 망한다 하였음. 여기에서는 정령이 빈번하게 백성에게 내려짐을 비유한 듯하다.

6 齊楚(제초): 전국시대에 소진(蘇秦)이 합종설(合從說)을 주장하여 강대국이었던 제(齊), 초(楚)를 중심으로 육국(六國)이 동맹을 맺어 북방의 진(秦)나라에 대항하여야 함을 역설함.

7 儀秦(의진): 소진(蘇秦)과 장의(張儀). (史記列傳).

8 陳平(진평): 전한(前漢)의 공신(功臣). 지략(智略)이 뛰어나 고조(高祖) 유방(劉邦)을 도와 천하를 평정하고 혜제(惠帝) 때 좌승상이 되어 주발(周敎)과 함께 여씨(呂氏) 일가를 제거하고 한 나라 왕실을 편안하게 함.

9 荊卿(형경): 전국시대 위(衛)의 자객(刺客). 연(燕)의 소왕(昭王)의 태자인 단(丹)을 위하여 진왕(秦王)을 죽이려하였으나 실패하여 마침내 죽음을 당함.

10 左衽人(좌임인): 오랑캐. 왼쪽 섶을 오른쪽 섶 앞으로 함. 이적(夷狄)의 옷 입는 방식 곧 야만의 풍속이라는 뜻에서 온 말.

나라가 어지러우면 어진 신하를 생각하는데 비록 몸을 바친다 한들
이미 용골대龍骨大의 군사가 압록강 인근의 땅을 점령해버렸네
정령政令이 오직 강江의 흐름 같이 한결같아야 백성들이 따르는데
두 가지 양태樣態로 미루어 보면 행길에 또 먼지구름만 자욱하겠구나
힘의 강약强弱을 판단하기 비록 어려우나 합종책을 따라야 하거늘
화친和親과 동맹同盟을 분별함에 시비의 잣대가 어찌 그리 인색한가
모사謀士 진평陳平은 두 손이 묶였고 열사烈士 형경荊卿은 죽은 후이니
우리의 무리가 당장이라도 오랑캐가 되겠구나.

時危民物[11]就安身

或向深山或海濱

多羨吾君先見智

遠來心跡[12]願追塵

九合攘尊惟管仲[13]

一從征伐是蘇秦

當當大義今誰責

獨有家庭受訓人。

---

11 民物(민물): 백성의 재물(民財).

12 心跡(심적): 존심(存心)과 행사(行事). 즉 심중(心中)의 생각과 행한 일 곧 행위(行爲)를 말함. ※ ① 사령운(謝靈運): 〈재중독서시(齋中讀書詩)〉,「矧乃歸山川, 心迹雙寂寞」. ② 두보(杜甫): 〈병적시(屛跡詩)〉,「杖藜從白首, 心跡喜雙清」.

13 管仲(관중): 춘추시대 제(齊)의 영상인(潁上人). 이름은 이오(夷吾), 자는 중(仲), 시호(諡號)는 경(敬)인데 경중(敬仲)이라고도 부름. 제 환공(桓公)의 재상이 되어 부국강병책을 써서 북방의 융적(戎狄)을 물리치고 제후들과 아홉 번 회합을 가져 천하를 바로 잡았다.

때가 위태로우면 백성들은 재물에서 편안함을 얻어

혹은 깊은 산 속으로 혹은 바닷가로 향하네

많은 사람들 그대의 선견지명을 부러워하니

멀리서 찾아온 그대의 생각과 행동을 쫓아 세상을 구하고 싶다

제후를 규합糾合하여 융적을 물리치고 왕실을 높인 것은 관중管仲이요

합종合從으로 하나 되어 진秦을 정벌하려 한 사람은 소진蘇秦이로다

당당堂堂하게 대의大義를 책임질 자 그 누구인가

오직 가정에서 교훈을 받고 자란 그대이겠지.

李進士君望時得次宋道源韻又贈余多有大過
其實不敢當之言余作此以酬其詩

진사 군망君望 이시득李時得이 송도원宋道源의 운을 따라서 시를 지어
나에게 주었다. 사실보다 크게 과장誇張하여 내가 감당할 수 없는
말이 있기에 나도 이 시를 지어서 응수하노라

世上名高物外身
宛如垂釣桐江[1]濱
箱中寶籙[2]求眞訣
袖裏淸香碾玉塵[3]
學海汪洋超漢宋
筆端神妙效周秦
千載風流誰與比
杜陵詩上八仙[4]人。

---

1 桐江(동강): 물 이름. 절강성(浙江省) 동려현(桐廬縣) 경계에 있음. ※ 원(元)나라 때 목주
인(睦州人) 요동수(姚桐壽)에게 동강조수(桐江釣叟)라는 호(號)가 있었음.
2 寶籙(보록): 록(籙)은 예언서, 도가(道家)의 비문(秘文).
3 玉塵(옥진): ① 눈을 달리 이르는 말. ② 꽃의 딴 이름. ③ 아름다운 먼지라는 뜻으로,
백설(白雪)의 미칭. ※ 고결한 인품에서 느낄 수 있는 향기 같은 것
4 八仙(팔선): 음중팔선(飮中八仙), 당(唐)의 8명의 주선(酒仙). 이백(李白), 하지장(賀知章),
이적지(李適之), 왕진(王璡), 최종지(崔宗之), 소진(蘇晋), 장욱(張旭), 초수(焦遂).
※두시(杜詩), 〈飮中八仙歌〉 참조.

세상에서 높은 이름은 물외物外 세계의 몸이니
완연히 동강桐江의 물가에서 고기 낚는 노인의 모습일세
상자 속의 비기秘記는 도를 구하는 비결秘訣이요
소매 속의 맑은 향은 맷돌에서 갈아낸 옥가루
학문은 바다처럼 넓어 한漢, 송宋의 학인學人을 뛰어넘고
신묘神妙한 붓 끝은 주周, 진秦 때를 본받았네
천년의 풍류를 그 누구와 비교할까
두시杜詩 속의 음중팔선飮中八仙이라 말할 만 하네.

次李君望韻
이군망李君望의 운을 따라서 짓다

騷壇[1]天子是前身
降謫東丘[2]碧海濱
詩思淸新[3]知姓李
襟懷[4]灑落[5]掃胸塵
交遊必正惟尊魯
禮義存心獨擯秦
材望如斯應有用
倚雲紅杏待吾人。

---

1 騷壇(소단): 문단(文壇).
2 東丘(동구): 우리나라. 청구(靑丘).
3 淸新(청신): ① 깨끗하고 새로움. ② 속됨이 없고 참신(斬新)함.
4 襟懷(금회): 마음에 품은 생각.
5 灑落(쇄락): (인품이) 깨끗하고 시원스러움.

문단文壇의 제왕이 그대의 전신前身인데
동국東國의 해변으로 유배流配를 왔구나
시상詩想이 청신淸新하니 성姓이 이 씨인 줄 알겠고
속에 품은 생각 깨끗하고 시원스러워 가슴속 먼지를 말끔히 씻어냈네
벗과 사귐도 반듯하여 오직 공자孔子의 유학儒學을 높이 받들고
예禮와 의義로 본심을 온전히 지켜 강포强暴한 진秦나라 배척했지
재주와 인망이 이러하니 마땅히 크게 쓰이리니
진사님 벼슬길 따라 높이 오르길 우리 모두 기대한다오.

休言虛老百年身
虛老那知此水濱
迂計[6]豈施經世亂
愚謀未售靜邊塵
憑陵[7]北虜[8]要欺楚
慕效東窓[9]莫是秦
我願君王須惕若[10]
公卿先逐不廉人。

6 迂計(우계): 옹졸하고 쓸데없는 계책.
7 憑陵(빙릉): ① 세력을 믿고 사람을 업신여김. ② 날쌔고 사나운 모양.
8 北虜(북로): 북방 오랑캐.
9 東窓(동창): p.190 주(註) 6 참조.
10 惕若(척약): 두려워하고 삼감.

인생 백년을 헛되이 보냈었다 말하지 마오
헛되이 늙었다면 이곳 물가를 어찌 알리
난세亂世를 다스리는데 어찌 우원迂遠한 계책을 쓸 수 있으랴
변경邊境의 전진戰塵 가라앉히는데 어리석은 모략謀略 쓰지 못하네
날쌔고 강한强悍한 북방 오랑캐는 초楚를 속이라고 강요하지만
동창東窓아래 음모를 꾸민 진회秦檜를 본받은 건 진秦이 아닌가
원컨대 군왕은 모름지기 두려워하고 삼가 행하며
공경公卿들은 제일 먼저 청렴하지 않은 사람 내쳐야 하리라.

庚辰重九日鄭碩士求和詩

경진庚辰년 9월 9일에 정석사鄭碩士가 화답을 구한 시

支離[1]旅泊[2]長搔首

此日那堪送九九[3]

野馬十年思歇鞍

楚衍[4]三獻[5]欲求售

乾坤日落黃昏漸

江漢秋深白石瘦

領得遠遊[6]多物華[7]

不禁山客有新句

---

1 支離(지리): 엉망진창으로 만듦. 즉 일이나 물건이 헝클어지고 뒤섞여 갈피를 잡을 수 없는 상태.

2 旅泊(여박): ① 여관에서 묵음. ② 배에서 묵음.

3 九九(구구): 음력 9월9일, 중양절(重陽節)임. 구(九)는 양수(陽數)이므로 양수가 겹친 것.

4 楚衍(초연): 송(宋)나라 개봉인(開封人). 사성자모(四聲字母)에 통했고, 상법(相法/관상), 음양성력(陰陽星曆)의 수(數)에 밝았다.

5 三獻(삼헌): ① 제사에서 술을 세 번 올리는 일. 초헌(初獻), 아헌(亞獻), 종헌(終獻). ② 삼헌관(三獻官): 초헌관, 아헌관, 종헌관.

6 遠遊(원유): 먼 곳에 가서 놂.

7 物華(물화): ① 물건의 빛. ② 보물의 정채(精彩). 곧 정채 있는 물건은 하늘의 보화라는 뜻.

엉망이 된 여행길은 늘 머리를 긁게 하는데
오늘 중양절重陽節을 홀로 어찌 보내야 할까
십년 동안 들길을 달린 야생마는 쉬기를 원하고
삼헌관三獻官인 초연楚衍은 팔리기를 바라네
하늘과 땅 사이에 해가 지니 날은 점점 어두워지고
깊은 가을 강가엔 자갈돌도 하얗게 야위었구나
먼 곳을 여행하며 보배로운 물건 많은 것 깨달았으니
산사람이 새 노래 지어 읊는 것 금禁하지 못하리.

敬次

삼가 앞의 운을 따라서 짓다

有問於君稽白首[1]
如何早歲遭陽九[2]
半生經學旣難施
萬里雲程[3]猶未售
修德潤身隨處胖
吟詩病骨秋來瘦
聲華[4]景慕[5]十年餘
無敵精神存八句。

---

1 稽首(계수): 머리가 땅에 닿도록 절함.
2 陽九(양구) : 재앙(災殃)을 이름. 음양가가 음양의 수리(數理)에서 풀어낸 말. 양액(陽厄)
  5개와 음액(陰厄) 4개를 합한 것.
3 雲程(운정) : 청운의 꿈을 품은 양양한 앞길.
4 聲華(성화): 세상에 널리 알려진 명성.
5 景慕(경모): 우러러 사모함.

그대에게 묻고 흰머리를 조아려 절하네
어떻게 젊은 나이에 재앙을 만났는가
반평생을 경학에 바쳤는데 이미 시행하기 어렵게 되었으니
청운青雲의 꿈 품은 만 리 길에서 아직 재능을 펼치지 못했네
덕을 닦아 몸을 윤택하게 하니 어디를 가든지 마음 편안한데
시詩를 읊조리는 병든 몸이 가을을 맞아 더욱 야위었구나
그대의 화려한 명성을 사모한지 십여 년인데
필적匹敵이 없는 그 정신 시구 속에 녹아 있네.

一雲秋夜續李白紫極宮感秋韻以效先賢諸作

噫先後聽竹時李蘇各年四十九後村[1]五十九今余六十九尤有感焉

일운장一雲莊의 가을밤에 이백李白의 〈심양자극궁감추작尋陽紫極宮感秋作〉
의 운을 따라서 지어 선현先賢의 작품을 본받다
슬프다, 앞뒤의 선현들이 대숲에 부는 바람 소리를 듣고 시를 지었을
때 이백과 소동파蘇東坡는 각각 49세였고 후촌後村은 59세였고 나는 69
세이기로 더욱 느낀 바가 있었다

涼露月下零
團團[2]庭畔竹
幽人[3]坐不寐
滌煩思欲掬
感秋古來多
非我今宵獨
行年稀小一
所計皆違宿

---

1 後村(후촌): 송인(宋人). 자는 잠부(潛夫), 본명은 유극장(劉克莊), 호는 후촌(後村), 시(諡)
  는 문정(文定). 강호파(江湖派) 시인으로 시풍(詩風)이 청신(淸新)하면서도 호방(豪放)하였
  다. 후촌장단구(後村長短句)라는 사집(詞集)이 전함.
2 團團(단단): ① 둥근 모양. ② 이슬이 동글동글 맺혀 있는 모양.
3 幽人(유인): 세상을 피하여 숨어 사는 사람, 은자(隱者).

窮廬寄餘生
前路憑誰卜
惟膺顔四勿[4]
常念圭三復[5]
聖訓[6]尙丁寧[7]
吾心恐墜覆
侵晨攬細衾
豆粥釜中熟。

---

4 四勿(사물): 공자가 안회(顔回)에게 가르친 네 가지 삼갈 일. 예가 아니면 보지 말고, 듣
지 말고, 말하지 말고, 움직이지 말라(非禮勿視 非禮勿聽 非禮勿言 非禮勿動).
5 圭三復(규삼복): 논어(論語)에서 남용(南容)이 백규(白圭)의 시(詩)를 여러 번 되풀이 하
여 읽었다는 고사(故事). 《시경(詩經)》의 말을 조심해야 함을 경계한 시(詩).
6 聖訓(성훈): ① 성인의 가르침. ② 임금의 가르침.
7 丁寧(정녕): ① 재삼 간절히 충고함. ② 틀림없이, 꼭.

달빛 아래 차가운 이슬이 떨어져
뜰 가의 댓잎에 송알송알 맺혀 있네
은자隱者는 잠을 이루지 못해 자리에 앉았는데
세상의 번뇌煩惱 씻어내려 해도 사념思念은 끝이 없네
가을을 노래한 이들 예로부터 많으니
오늘밤 나 홀로 고독한 건 아니리라
금년 나이 육십구 세인데
계획했던 일 오랜 소망에 어긋나네
가난한 오두막집에 나의 여생餘生을 붙였으니
앞길을 그 누구에게 의지해야 할까
오직 안회顔回의 사물四勿을 따르고
논어論語의 규삼복圭三復을 마음에 두었네
성인의 가르침을 간절히 사모하여
내 마음 성현의 도道 잃을까 두려워했네
새벽에 잠자리를 세심히 살피노라면
콩죽은 솥 안에서 익어가노라.

追韻酬同宗李正郞昫

동종同宗 이정랑李正郞 후昫의 운을 따라서 응답하다

嗟我浮生生不辰
遭亂長作流離人
東西南北尚無依
所難非宅惟其隣
吾君惻然感謂曰
去歲移居寂寞濱
邑名懷仁民俗淳
可以共避奴胡塵
又有江上數頃田
有主無主俱荒陳
我聞此語決歸志
無乃醜效西施[1]顰
呼兄呼弟且叔侄
與之來往常頻頻[2]

---

1 西施(서시): 춘추시대 월(越)의 미인. 월왕(越王) 구천(句踐)이 회계(會稽)에서 패하자 범여(范蠡)는 미인계(美人計)로 서시(西施)를 오왕(吳王) 부차(夫差)에게 바쳤던 바, 부차는 그녀에게 미혹되어 정사를 돌보지 않게 되고 도리어 구천의 침공을 받아 망하였음.
※여기에서는 서시(西施)가 가슴앓이 병이 있었는데 가슴에 손을 대고 찌푸린 얼굴이 몹시 아름다워 옆집의 못생긴 여자가 그 모습을 흉내내자 모두 도망하였다는 고사임. 당(唐)나라 시인 왕유(王維)의 〈서시영(西施詠)〉이 유명함.
2 頻頻(빈빈): 잦은 모양. 빈삭(頻數)과 동일함.

同宗樂事會芳園[3]
設席相叙明天倫[4]
自知狂夫老更狂
醉後和風吹脫巾
君不聞留侯張氏[5]
始卜龍虎山[6]
子孫襲居代代蒙國恩
逮我皇明嘉靖年
蕃衍[7]繼繼六十歲
世上迄今稱慕仙圃之長春。

---

3 芳園(방원): 꽃이 아름답게 피어있는 정원, 화원(花園).

4 天倫(천륜): 부자(父子) 형제(兄弟) 사이의 변치 않는 떳떳한 도리.

5 留侯張良(유후장량): 한(漢)의 개국공신(開國功臣). 자(字)는 자방(子房). 그 조상은 한(韓)나라 사람인데 진(秦)이 한(韓)을 멸망시키자 장량이 가재를 털어서 자객(刺客)을 구하여 진시황을 없애어 한나라의 원수를 갚으려했다. 역사(力士)를 얻어 시황을 박랑사(博浪沙)에서 저격했으나 실패하였다. 후에 한고조(漢高祖) 유방(劉邦)을 도와서 항우(項羽)를 멸(滅)하고 한(漢)을 세움. 유방이 즉위하자 유후(留候)로 봉(封)해짐.

6 龍虎山(용호산): 강서성(江西省) 구계현(貴溪縣)의 서남쪽 상산(象山)의 지맥(支脈)에 있다. 한(漢)의 유후(留候) 장량(張良)이 이곳에 자신의 묘와 도교의 도관(道觀)을 지었는데 그 산세(山勢)가 용이 머리를 쳐들고 호랑이가 쭈그려 앉은 형국으로 도가의 72복지(福地)로 자손이 50대에 걸쳐 부귀영화를 누렸다 함.
　※풍수지리서인 〈인자수지(人子須知)〉 참조.

7 蕃衍(번연): ① 초목(草木)이 무성하게 잘 퍼짐. ② 자손이 많이 퍼짐.

슬프다 내 덧없는 인생이 살아서도 때를 얻지 못하고

난리를 만나 오랫동안 유랑민이 되었었네

동서남북 어디에도 의지할 데가 없었으니

어려운 건 집이 아니라 오직 좋은 이웃들일세

그대가 측은하게 여기고 말하였네

지난 해엔 쓸쓸한 물가로 옮겨 살았는데

고을 이름은 회인懷人이라 백성의 풍속이 순박하여

함께 오랑캐의 난을 피할 만 한 곳일세

또 강 위쪽엔 두어 두둑의 밭이 있는데

임자가 있건 임자가 없건 모두 묵어 황폐해졌네

내가 이 말을 듣고 돌아갈 뜻을 결정한다면

추녀醜女가 서시西施의 찡그리는 모습 흉내 내는 꼴 아닐까

형이니 아우니 하지만 막상 숙질叔侄 간인데

항상 빈번하게 더불어 오고 갔네

동종同宗 간의 즐거운 일은 아름다운 동산에 모여

자리를 마련하고 서로 천륜天倫의 소중함을 밝히는 것일세

광부狂夫는 늙어갈수록 더욱 미치광이가 되는 것 스스로 아노니

술에 취한 뒤 따스한 바람이 불어 망건을 벗겨 놓네

그대는 듣지 못했는가, 유후留侯 장량張良이

처음 용호산龍虎山에 복거卜居한 일을

자손들이 그 터에 이어 살면서 대대로 국은國恩을 입었는데

명明의 가정嘉靖 연간까지 이르렀네

대를 이어서 육십 대까지 자손이 번창했으니

세상에선 지금까지도 선계仙界의 기나 긴 봄長春이라 칭송한다네.

挽黃正郎詞

황정랑黃正郎을 애도하는 시

長水山明麗
黃家閥閱[1]高
雲仍[2]多國相
功業等蕭曹[3]
百載生賢士
三韓得俊髦[4]
交遊皆與益
文藝獨能操

---

1 閥閱(벌열): ① 문의 양쪽 기둥. 대문의 왼쪽 기둥을 〈閥〉, 대문의 오른쪽 기둥을 〈閱 〉이라 한다. ② 공적이 있는 집안, 즉 귀족을 일컫는 말.

2 雲仍(운잉): 운손(雲孫)과 잉손(仍孫), 먼 후손을 말함. 운손은 8대 이후의 자손, 잉손은 7대 손자를 말한다.

3 蕭曹(소조): 한(漢) 고조(高祖)의 공신(功臣). 소하(蕭何), 조참(曹參).

〈소하〉(?~193): 고조를 도와 천하를 통일함. 장량, 한신과 더불어 한(漢)의 삼걸(三傑)이라 함.

〈조참〉: 한의 패인(沛人). 소하와 함께 고조를 도와 기병(起兵)하여 천하를 평정한 후에 평양후(平陽侯)가 되었다. 소하가 죽은 후 승상이 되었고, 소하와의 약속을 지켜서 소하가 정한 법령을 그대로 준수하였다. 세상에서 소조(蕭曹)로 병칭(並稱)한다.

4 俊髦(준모): 재덕(才德)이 뛰어난 사람.

探道由洙泗[5]

誠身學退陶[6]

禮闈[7]終失擧

秋部晚承褒

○○○嘉縣

餘風一世豪

商顔[8]同皓隱

潁水[9]并巢逃

---

5 洙泗(수사): ① 중국 산동성(山東省)에 있는 두 강. 수(洙水)와 사수(泗水). ② 공자가 수사(洙泗)에서 제자를 가르친데서 공자의 학(學) 및 학통(學統)을 이르는 말.

6 退陶(퇴도): 이황(李滉)선생의 호(號).

7 禮闈(예위): 예조(禮曹)에서 진사 시험을 치는 일.

8 商顔(상안): 공자의 제자인 상구(商瞿)와 안회(顔回)를 일컬음.
  〈상구〉: 춘추(春秋) 노인(魯人). 자는 자목(子木). 공자보다 29세 젊다. 공자가 주역(周易)을 구(瞿)에게 전하고 구는 한비자궁(馯譬子弓)에게 전함.
  〈안회〉: 자는 자연(子淵). 덕행으로 가장 뛰어남. 아성(亞聖)으로 불림.

9 潁水(영수): ① 중국 하남성(河南省)에서 회수(淮水)로 흘러들어가는 물.
  ※ 요(堯) 임금 때 영수(潁水)가에서 은거하였다는 허유(許由)가 요 임금이 자기에게 천하를 내주겠다는 말을 듣고 귀가 더러워졌다하여 영수에서 귀를 씻었다고 한다. 마침 소보(巢父)가 송아지에게 물을 먹이려다가 허유가 귀를 씻는 것을 보고 더러운 물을 먹일 수 없다 하여 소를 끌고 상류에 가서 먹였다.

尊敬齊鄕曲[10]

行吟楚澤騷[11]

享年愈渭叟[12]

素志用牛刀[13]

畢至儒林慟

分崩[14]子女呼

重泉今永隔

何處奇鵝毛[15]。

---

10 齊鄕曲(제향곡): 주(周) 문왕(文王)의 스승이었던 여상(呂尙)을 제(齊)에 봉했는데 후에 제(齊)의 환공(桓公)은 관중(管仲)을 등용하여 천하를 바로잡고 제후를 통치하였다. 이러한 역사적 업적들을 염두에 두고 있는 듯 하다.

11 楚澤騷(초택소): 양자강 유역에 위치한 초(楚)나라 지역엔 소택(沼澤)이 많은데, 소(騷)는 초나라 애국 시인이었던 굴원(屈原)의 이소(離騷) 풍의 시가를 일컫는다. 초소(楚騷)는 곧 초사(楚辭)임.

12 渭叟(위수): 태공(太公) 여상(呂尙)이 문왕을 만나기 전 위수(渭水)의 물가에서 어부(漁父)로 낚시질을 했다는 고사(故事).

13 牛刀(우도): 논어(論語), 양화(陽貨)에 나온 말. 공자의 제자인 자유(子游)가 무성(武城)의 읍재(邑宰)로 있었는데 공자가 무성에 갔다가 현가(弦歌) 소리를 듣고 빙그레 웃으면서 「닭 잡는데 어찌 소 잡는 칼을 쓰겠느냐」했다. 곧 작은 읍을 다스리는데 예악(禮樂)의 대도(大道)를 쓸 필요까지 있겠느냐고 기롱(譏弄)한 말이다.

14 分崩(분붕): ① 떨어져 흩어지는 것. ② 이산(離散).

15 鵝毛(아모): ① 눈에 대한 이칭. ② 지극히 가볍고 적은 것.

장수長水의 산수山水가 아름다우니
황 씨의 문벌門閥이 드높았네
후손 중에 재상宰相을 지낸 이 많아
그 공적 소하蕭何 조참曹參과 대등했다
백년을 두고 어진 인재를 낳으니
나라에선 재덕才德이 뛰어난 인물을 얻는구나
교유交遊하는 건 모두 어진 인물들
홀로 문단文壇을 휘어잡을 수 있었네
공자의 학통을 따라서 길道을 찾았고
정성을 다하여 퇴계의 학學을 배웠네
예조禮曹에서 시행한 과거엔 끝내 실패했지만
늦게야 형조刑曹에서 벼슬을 내렸지
아름다운 고을에
남겨진 풍속은 한 시대의 호협豪俠이었으니
상구商瞿와 안회顔回는 결백潔白함을 같이했고
허유許由는 영수潁水 물가에서 소보巢父와 같이 도망했네
제齊 나라의 풍속과 현인을 존경하고
초楚 나라 굴원屈原의 이소離騷를 읊조렸네
한 평생 누린 나이는 태공망太公望보다 많았고
평소 품은 뜻은 군자의 대도大道를 베풂에 있었네
각처의 유림들 모두 이르러 통곡했고
자녀들은 부모와 헤어짐에 목놓아 울었네
황천객黃泉客이 되어 이제 영원히 떨어졌으니
어디로 하찮은 물건이라도 보낼 수 있으랴.

伏次
삼가 운을 따라서 짓다

黃香扇枕席[1]

老萊舞班衣[2]

由來事父母

養志[3]者庶幾

吾親亦如是

愛慕自嬉戲

平生極榮養

無處不稱意

昔以黃州牧

今以龍興府[4]

況値劬勞日[5]

欲報以所有

---

1 枕席(침석): p.63 주(註) 5 황향(黃香) 참조.

2 老萊子(노래자): 공자와 같은 시대인 춘추시대 초(楚)나라의 현인(賢人)으로 중국 24효
의 한 명, 난을 피하여 몽산(蒙山) 남쪽에서 농사를 지으며 살았는데 70세에 색동무늬
옷을 입고 어린애 장난을 하여 부모를 위로했다고 함.

3 養志(양지): ① 심지(心志)를 고상하게 닦아가짐. ② 어버이 뜻을 받들어 참된 효도를 다
하는 일.

4 龍興府(용흥부): 평양부(平陽府)를 말함.

5 劬勞日(구로일): 어버이가 자신을 낳느라고 애쓴 날, 곧 자신의 생일.

經營來吏民

備費傾倉箱[6]

玆爲白首親

寧嫌䞓尾魴[7]

賓主設內外

蘭蕙[8]皆馨香

珍羞自官供

誠敬吾家物

事死如事生

先廟先侑食[9]

然後動衆樂

宴席明天目[10]

---

6 倉箱(창상): 창고와 수레에 가득 실을만큼 풍년이 들어 수확이 많음. ※《시경·소아·
포전》(詩經·小雅·圃田):「乃求千斯倉, 乃求萬斯箱」(천(千)이나 되는 창고와 만(萬)이나
되는 수레를 마련한다.)

7 䞓尾魴(정미방): 방어(魴魚)의 꼬리는 본래 하얀 색이나 피로하면 붉은 색으로 변함. 곧
사람의 노고(勞苦)가 심함을 말함. ※《시경·주남·여분》(詩經·周南·汝墳):「魴魚䞓尾,
王室如燬, 雖則如燬, 父母孔邇」(방어 꼬리가 붉어졌으니 왕실은 불타는 듯 어지럽다.
타는 듯 어지러워도 부모님이 가까이 계셔라.) 서주(西周) 말기(末期)에 백성들이 행역
(行役)의 괴로움을 노래한 시가로 추정함.

8 蘭蕙(난혜): 난초와 혜초. 곧 초(楚)나라의 시인 굴원(屈原)의 〈이소(離騷)〉에 보면 난초
와 혜초를 충신이나 현인(賢人)으로 상징하고 있음.

9 侑食(유식): 제사 지낼 때 삼헌작(三獻酌)과 상시(上匙)한 후에 제관들이 문 밖에 나와 문
을 닫고 십 분 쯤 기다리는 것.

於是吾父親
感淚衣間濕
傴僂獻一盃
母子情何極
○思鞠育[11]日
無窮昊天德[12]
堂上百歲親
膝下稀年兒
盛事觀如堵
戴白與髫垂[13]
皆云專城養[14]
今古有此獨
何羨登蓬瀛[15]
不如坐戎幕[16]
抱樹[17]永慕皐[18]

---

10 天目(천목): ① 천륜(天倫)의 요체(要諦)를 가리킨 듯함. ②《안씨가훈(顔氏家訓)》에 보면 천안(天眼)을 가지면 사람의 마음속에서 없어지고 생겨나는 모든 마음의 움직임을 볼 수 있다고 하였음.

11 鞠育(국육): 기름, 양육함.

12 天德(천덕): 하늘의 덕, 만물을 만들고 기르는 광대무변한 대자연의 작용.

13 戴白·髫垂(대백·초수): 노인과 아이들.

14 專城養(전성양): 아버지 남촌(南村) 이거(李蘧)가 외직(外職)으로 12고을의 목사, 부사, 군수를 지내며 어머니를 봉양한 일을 말함.

15 蓬瀛(봉영): 봉래산(蓬萊山)과 영주(瀛州). 삼신산(三神山)이 있다는 곳, 곧 신선의 고장.

16 戎幕(융막): 군부(軍府), 군영(軍營).

懷橘[19]少年陸

孝親皆是君

君親豈先後

吾親祝無算

吾王亦萬壽

吾親不我保

何以免顚仆

嗚呼吾父志

豚兒[20]恐難副

四十尙無聞[21]

繼述多羞愧

惟當今日樂

滌盡心如燉。

---

17 抱樹(포수): ① 춘추시대 진(晉) 문공(文公)의 신하. 개자추(介子推)의 고사. 포수소사(抱樹燒死)에서 온 말. ②《진서(晉書)》, 33권, 〈왕상(王祥)〉 조(條)를 보면 상에게 지극한 효심이 있었다. 상이 그 어머니를 위하여 한 겨울에 얼음을 깨고 물고기를 잡으려하니 하늘이 잉어 두 마리를 보내 주었다. 또 어머니가 사과가 나무에 달리자 나무를 지키라 명하니 비바람 속에서 나무를 끌어않고 울었다. 그 효성의 독실하고 순전함이 이와 같았다 함.

18 皐陶(고요): p.176 주(註) 2 참조.

19 懷橘(회귤): 후한(後漢)의 육적(陸績)이 원술(袁術)의 집에서 귤을 몰래 옷 속에 품었던 고사(故事). 효자의 정성을 말함.

20 豚兒(돈아): 어리석고 철이 없다는 뜻으로 남에게 자기의 자식을 낮추어 부르는 말, 가아(家兒).

21 四十尙無聞(사십상무문): 논어(論語)에서 공자가 남자가 40세가 되어서도 명성이 없으면 두려워 할 것이 없다 하였음.

황향黃香은 침석枕席에 계신 부모님께 부채질을 해드렸고
노래자老萊子는 칠십의 나이에 부모님 앞에서 재롱을 피웠네
원래 부모님을 섬기는데
어버이 뜻을 살펴 참된 효를 행하는 이 훌륭하네
나의 아버님 또한 이와 같아서
어머님을 사랑하여 스스로 그 앞에서 재롱을 피웠다네
평생을 두고 부모님 봉양이 지극했으니
부모님 마음에 맞지 않는 데가 없었네
옛날엔 황주黃州 목사牧使로
지금은 용흥龍興 부사府司로 기쁨을 드리네
하물며 낳아 기르시느라 고생하신 날을 당하여
가진 것을 모두 드려 은혜에 보답하려했지
잔치 계획을 세워 일할 때 관리들과 백성들 찾아오고
비용을 마련하느라 집안의 곳간이 텅 비었네
이것은 백발白髮 노모老母를 위해서이니
어찌 이 몸이 피곤한 것을 꺼리랴
손님과 주인의 자리를 집 안팎에 마련하니
난초와 혜초 같은 어진 인물들 모두 향기를 내뿜네
값진 음식들은 모두 관가로부터 공급하니
공경하여 정성을 다하는 것은 우리 집이 할 일 일세
죽은 이를 모시는 것은 산 사람을 모시는 것과 같으니
먼저 묘당廟堂에 제사를 지내야하리
그런 후에야 많은 사람들 잔치를 열어 즐기리니
잔치 자리에선 천륜天倫의 조목條目을 밝혀야 하리

이 때 우리 아버지께서는

감격의 눈물을 흘려 옷깃을 적시네

허리를 굽혀 술 한 잔을 따라 헌수獻壽하니

모자母子 간의 정이 어찌 그리도 지극한지

어버이께서 낳아 기르신 날을 생각하면

하늘이 베푸신 덕이 끝이 없구나

대청마루 위엔 백 세의 어머니 앉으시고

어머니 곁엔 칠십 세의 아들이 모시고 있네

성대한 잔치를 구경하는 사람들 담처럼 에워쌌는데

머리 흰 노인들과 더벅머리 아이들도 함께 있구나

모두 이르길 성城을 오로지 하여 봉양했다하니

고금古今을 통하여 이런 일은 다시 없었다네

어찌 봉래산蓬萊山과 영주瀛州에 오르는 것 부러워하랴

수연壽宴의 장막 안에 앉았으니만 못하리

독실하고 순전한 마음으로 길이 고요皐陶를 사모했고

품속에 귤을 숨겼던 소년 육적陸續을 생각했노라

부모에게 효도함도 모두 임금님의 은혜니

임금님과 부모님이 어찌 앞뒤의 차례가 있으랴

나의 아버지 수한壽限이 없도록 오래 사시고

나의 임금님 또한 만수무강萬壽無疆하옵시기를 빌어본다네

내 아버지께서 나를 지켜주시지 않으셨다면

어떻게 굴러 넘어지는 위험에서 면할 수 있었으랴

아, 내 아버지의 뜻에

이 못난 아들이 부응副應하지 못할까 염려하네

나이 사십 세인데 아직 아무런 명성도 얻지 못했으니
아버지 뒤를 잇기엔 부끄러움이 많으네
오늘 즐거운 잔치를 맞아
마음을 깨끗이 비우려 해도 도리어 불타는 듯하구나.

見吳氏四友亭次文人之留詠
而並序以寄吳逸少大師

오씨吳氏의 사우정四友亭을 둘러보고 문인들이 남긴 시의 운을
따라서 서序와 아울러 지어 오일소吳逸少 대사大師에게 주다

余流寓陽城盤谷里爲訪大德山吳氏年少諸賢侍諸賢卽
海州首陽公之後裔遠自麗代門閥高大赫世軒冕[1]著于靑
史者多逮至我朝與名相允謙[2]同宗服盡義分最重人皆稱
之中葉以來居于大德山百餘年間祖業善述文武繼出魁
登科第職顯朝家行高一鄕堂名四友四友兄弟四人相友
而爲愛者耶花木四品甚愛而爲友者耶孝悌忠信諸賢之
素踐履竹菊松荷諸賢之所愛歟淸風和氣四時長春聯芳

---

1 軒冕(헌면): ① 높은 벼슬을 함. ② 귀현(貴顯)한 사람. 대부(大夫).

2 吳允謙(오윤겸): 1559(명종14)~1636(인조14). 조선 중기의 문신. 본관은 해주(海州), 자는
여익(汝益). 호는 추탄(秋灘). 토당(土塘). 우계(牛溪) 성혼(成渾)의 문인이다. 선조15(1582)
년 사마시(司馬試)에 합격한 뒤 선조22(1589)년 전강(殿講)에서 장원하였다. 1592년 임진
왜란이 일어나자 양호체찰사(兩湖體察使) 정철(鄭澈)의 종사관이 되었으며 1610(광해군2)
년에 내직으로 들어와 호조참의 우부승지가 되어 이언적과 이황의 문묘를 반대하는 권
신 정인홍(鄭仁弘)을 탄핵하다 왕의 뜻에 거슬려 강원도 관찰사로 좌천되었다. 1년 남짓
관찰사로 재임하는 동안 기민(饑民)을 구제하고 단종의 묘를 수축하여 그 제례 절차와
제수 마련의 법식을 제정하였다. 1617년 중추부사가 되어 회답 겸 쇄환사(回答兼刷還使)
의 정사로 일본에 건너가 임진왜란 때 잡혀갔던 포로 150여명을 쇄환하였는데 이때부
터 일본과의 수교가 다시 정상화되었다. 1618년 폐모론(廢母論)이 북인들에 의하여 제
기되자 이를 반대 정청(庭請)에 불참하였으며, 탄핵받자 벼슬을 그만두고 광주(廣州)의
토당(土塘) 선영하에 물러나 화를 피하였다. 특히 당쟁의 조정에 힘썼고 1628년 영의정
이 되었고 1629(인조7)년 인조의 생부인 정원군(定遠君)을 원종(元宗)으로 추승하고 또
부묘(祔廟)하려는 논의가 일어나자 이를 반대하여 영돈녕부사(領敦寧府使)로 물러났다가
1632년 좌의정에 재임되고 기로소(耆老所)에 들었다.

日日爲善爲樂觀瞻遠近孰不欽嗟吾家亦且破族結婚基
與先大人參判公夫人李氏同高祖高祖是大王大妣文定[3]
之外皇祖高行大司諫贈領議政全義人李德崇也以此相
好時時從遊仰次壁上板韻以效鄙意勤眷。

내가 양성陽城의 반곡리盤谷里에 우거寓居할 때에 대덕산大德山의 오씨 여
러 자제子弟들을 찾아보았다. 여러 자제란 곧 해주海州 오吳씨의 수양
공首陽公의 후손들이다. 멀리 고려시대부터 문벌門閥이 고대高大하고 대
대로 높은 벼슬을 하여 역사에 뚜렷한 발자취를 남긴 분들이 많았다.
우리 왕조王朝에 이르러서는 명상名相 윤겸允謙과 동종同宗으로 정성을
다하여 실행하고 의리가 분명한 것을 가장 소중히 여겨 모든 사람들
로부터 칭송을 받았다. 중엽中葉 이래로 백여 년간 대덕산에 살면서
선대先代의 유업遺業을 잘 이어 문과文科와 무과武科에서 장원壯元에 급제
하는 사람이 줄줄이 뒤를 이어 나타나 조정에서는 그 직위가 뚜렷했
고 향리鄕里에서는 문행文行이 높았다. 당명堂名을 사우四友라 하였는데
사우란 형제 4인이 서로 벗이 되어 친하게 지낸 것을 말한 것인가?
화목사품花木四品을 몹시 사랑하여 벗으로 삼은 것인가? 효도하고 형
제간에 우애하고 나라에 충성하고 친구 사이에 믿음이 있게 행하는
것은 어진 자제들이 평소에 실행하는 일이요, 대나무竹 국화菊 소나무
松 연꽃荷은 여러 자제가 사랑하고 가까이하는 것들이다. 맑은 바람
과 온화한 날씨로 사철 어느 때나 늘 봄만 같은데, 매일매일 향기가

---

3 文定王后(문정왕후): 1501(연산군7)~1565(명종20). 조선 중종의 계비(繼妃). 본관은 파평
(坡平). 영돈녕 부사 윤지임(尹之任)의 딸이다. 1517년(중종12) 왕비에 책봉되었으며 명종
의 어머니다.

이어지고 선善을 행하는 것을 즐기니, 원근遠近 지역에서 바라보고 그 누군들 흠모하고 감탄하지 않으랴. 우리 집도 또한 씨족의 성씨姓氏에 구애받지 않고 혼인하였으니, 그것은 선대인先大人 참판 공의 부인 이씨는 오씨 형제의 대부인과 같은 고조高祖 할아버지 자손이다. 고조되시는 분은 대왕대비大王大妃인 문정왕후文定王后의 외조부外祖父인 실직實職 대사간大司諫이요 증영의정贈領議政인 전의全義 사람 이덕숭李德崇이다. 이 까닭으로 서로 친하게 지내고 때때로 서로 따라서 놀면서 벽 위에 걸린 현판시懸板詩를 우러러보고 차운次韻하여 나의 천박한 생각을 밝혀 힘써 권하노라.

○○○○鳳凰臺[4]

今世吳門亦擬開

此間鳳雛成羽翼

○○○竹已培栽

月明庭畔梧陰老

飢啄琅玕[5]食實纇

須待朝陽[6]鳴噦噦[7]

岐山[8]玉石似多災。

---

4 鳳凰臺(봉황대): 강소성(江蘇省) 남경(南京)의 서쪽에 있는 대(臺)의 이름. 《송서·부서
  지(宋書·符書志)》에 보면 원가(元嘉) 14년에 큰 새가 말릉(秣稜) 영창(永昌)리에 모였다.
  이로 인하여 봉황대로 이름을 고치게 되었다. 여기서는 오씨 집안이 이를 모방하여 이
  곳에 봉황대를 지은 것으로 보인다.
5 琅玕(낭간): ① 옥(玉). ② 대나무의 딴 이름.
6 朝陽(조양): 아침 해, 아침 햇빛.
7 噦噦(홰홰): ① 새 우는 소리. ② 방울소리.
8 岐山(기산): 섬서성 기산현(岐山縣) 동북쪽에 있는 산.

…………·봉황대는

금세今世에 오 씨 집안이 옛것을 본따서 문을 열었네
이곳에서 봉황의 새끼들 날개가 자라 성체成體가 되었고
………·대나무는 이미 심어 가꾸어 놓았네
뜰 가에 달빛이 밝고 오동나무 그늘 깊어지면
봉황새는 배고파 옥을 쪼고 떨어진 대 열매를 먹는다네
모름지기 아침해 돋기 기다려 힘차게 울부짖어야 하리니
기산岐山의 옥에도 재앙이 많은 것과 같은 거라네.

小車乘興强登臺
秋菊開邊口欲開
一席杯盤今日會
滿園花草幾時栽
家多才俊雲仍[9]盛
筆走龍蛇錦繡頹
○○之英莫誇麗
眉山[10]草木昔罹災[11]。

---

9 雲仍(운잉): 먼 후손, 원손(遠孫).
10 眉山(미산): 현명(縣名). 사천성(四川省), 팽산(彭山)의 남쪽에 있는 산.
11 罹災(이재): 재해를 입음, 재앙에 걸림.

작은 수레에 몸을 싣고 흥이 나서 힘써 누대에 오르니

가을 국화는 정자 주변에 피어나 꽃망울을 터뜨리려하네

오늘 술자리를 열어 한 자리에 모였는데

동산에 가득한 화초는 언제 심어 가꾸었을까

집안에 준재俊才들 많아 후손이 번창한데

붓끝이 용처럼 내달리니 수놓은 비단 폭 흘러내린 듯

…… 동산의 꽃이여 그 고운 빛을 자랑마라

미산眉山의 초목도 옛날엔 재해災害를 입었느니.

挽慶僉知詞

첨지僉知 경지慶遲[1]를 애도하는 시

赫世忠良遠自麗
傳家事業尙今宜
持論[2]正直眞儒仰
治郡嚴明暮夜知
民愛君恩資級貴
女貞男哲亨如是
· · · · · · · · · · · · · · · · · · ·
報福天何此獨微。

---

1 **慶遲**(경지): 본관은 청주(淸州), 벼슬은 현감(縣監). 아들 매촌 (梅村) 진(溍/예문검열, 호조
　정랑, 병조정랑을 지냄.)의 장인(丈人).
2 **持論**(지론): ① 늘 주장하는 의견. ② 전부터 주장하여 오는 이론. ③ 지설(持說).

대대로 이어온 충량忠良은 멀리 고려 때부터인데

이 집안에 전해오는 사업은 지금까지 아름답다네

지론持論이 정직正直하니 참 선비들이 우러러 보고

고을을 다스림에 엄명嚴明했음은 깊은 밤도 알고 있으리라

백성들의 사랑과 임금의 은혜로 반열班列이 귀족에 이르렀고

여인들은 정숙하고 남자들은 현철하여 이처럼 가문家門이 형통했네

···

하늘이 복으로 보답하심이 어찌 이 사람에게만 홀로 미미할까.

II.

속소당_{粟蔬堂}의 시 가운데
선친 남촌_{南村} 이거_{李蘧}의 시로
추정되는 작품

※ 남촌(南村) 이거(李蘧)는 속소당(粟蔬堂) 이문명(李文蕡)의 생부(生父)이다. 중종(中宗) 27년(1532)에 출생, 명종(明宗), 선조(宣祖) 41년(1608)까지 생존하였으며, 명종7년 임자(壬子)(1552)에 진사에 급제하고 다음해 계축(癸丑)에 정시 문과(廷試文科) 제 3인에 올랐다. 제1인은 영의정을 지낸 사암(思菴) 박순(朴淳)이었다. 벼슬은 경기 감사, 형조참판에 이르렀고 특히 한어(漢語)에 능통하여 이조판서 정유길(鄭惟吉)의 추천으로 일찍이 성절사(聖節使)의 서장관으로 명나라에 다녀왔으며 선조 때에는 사역원(司譯院)을 겸직하였다. 원래 〈속소당집〉은 단권으로 되어 있는데 그 중 몇 편의 시는 연대나 교우 관계 등을 미루어 볼 때 남촌 이거의 시로 사료된다.

鄭貳公[1]第暫設年會次貳公韻
送黃淸之應淸[2]年伯[3]赴眞寶

정이공鄭貳公의 저택에서 잠시 연회年會를 열었을때
황청지黃淸之 응청應淸 연백年伯이 진보眞寶로 부임赴任한다하기로
이공貳公의 운을 따라서 시를 지어 전송餞送하다

握手臨分處
傷心欲暮天
南鄕千里外
何日更言還。

손을 잡고 서로 작별할 곳에 서니
마음은 서글퍼지고 날은 저물려하네
남녘 고향은 천리 밖인데
어느 날 다시 돌아올 수 있으랴.

---

1 貳公(이공): 이상(貳相)이라고도 하는데 정승 다음의 품계인 종일품(從一品)의 의정부 찬
  성(贊成)을 말한다. 여기에서 정이공(鄭貳公)은 당시에 예문관 대제학, 이조판서, 우찬성,
  우의정, 좌의정을 지내고 궤장(几杖)을 하사 받은 정유길(鄭惟吉)을 가리킨 말인 듯함.그
  는 영의정을 지낸 정광필(鄭光弼)의 손자요, 김상헌(金尙憲), 김상용(金尙容)의 외조부인
  데 이때 찬성의 자리에 있었던 듯하다.
2 黃應淸(황응청): 자는 청지(淸之). 명종 7년(1552) 임자(壬子)에 이거(李蘧), 홍용(洪溶),
  윤인함(尹仁涵)과 함께 동방(同榜)으로 진사에 급제함(壬子司馬榜目).
3 年伯(연백): ① 아버지나 백숙부(伯叔父)와 같은 해에 과거에 급제한 사람. ② 나와 같은
  해에 급제한 사람의 아버지.

送黃清之年伯赴眞寶

진보眞寶로 부임하는 황청지黃清之 연백年伯을 전송하다

相看各訝舊形非
亂後殘年[1]又近稀
何況[2]逢君還作恨
不堪[3]垂死送將歸。

---

1 殘年(잔년): ① 남는 해. ② 여명(餘命).
2 何況(하황): 하물며
3 不堪(불감): 견디어내지 못함.

서로 마주보고 옛 모습이 아니라고 각기 놀라는데

전란 후의 여년餘年은 또 희년稀年에 가깝다

하물며 군자君子를 만났다가 또 이별을 한恨하니

곧 죽을 늙은이 되어 돌아가는데 전송하려니 견딜 수 없네.

漢都感事

도읍都邑 한양漢陽에 돌아온 느낌

三年始過洛城[1]東
只有山形昔日同
華表[2]鶴聲哀不盡
宗周[3]稷穗[4]怨何窮
市朝寥落[5]斜陽外
宮殿虛無秋草中
此禍蒼天猶未悔
任教[6]千里骨爲叢。

---

1 洛城(낙성): 낙양(洛陽). 동주(東周), 후한(後漢), 위(魏), 서진(西晉), 남북조(南北朝), 당(唐)의 수도임.

2 華表(화표): ① 묘소 앞의 문. ② 궁성, 성곽의 출입문.

3 宗周(종주): ① 주(周)의 왕도(王都). ② 주(周)의 사직(社稷).

4 稷穗(직수): 《시경(詩經)》, 왕풍(王風)편의 서리(黍離)장의 역사적 배경을 염두에 둔 듯하다. 시(詩)의 내용은 주(周) 나라의 대부(大夫)가 옛 서울 호경(鎬京)을 지나다가 예전의 종묘(宗廟)와 궁실에 기장과 피만 무성한 것을 보고 그 감개(感慨)를 시로 읊은 것이다. 주(周)나라가 건국한 후 무왕(武王)은 수도를 호경으로 정했으나 11대가 지난 후 평왕(平王)은 국력이 전복되자 수도를 지금의 낙양(洛陽)으로 옮기고 동도(東都)라 하였다.

5 寥落(요락): 황량(荒凉)하다. 쓸쓸하다.

6 任敎(임교): 내버려두다, … 하도록 맡겨두다.

삼 년만에 비로소 낙성洛城의 동쪽을 지나는데
다만 산의 모습은 옛날과 다름없네
화표주華表柱 위의 학 울음소리에 슬픔은 그지 없고
사직社稷이 폐허가 된 것 원망해 본들 어찌 끝이 있으랴
시정市井과 조정朝廷 안은 쓸쓸히 석양 밖에 있고
궁전은 텅 빈 채 가을 잡초 속에 묻혀 있다
이 화禍가 하늘에까지 미쳤는데 아직도 후회할 줄 모르니
천 리에 흩어진 뼈가 쌓인 채 버려져 있겠구나.

又吟

거듭하여 읊다

聖神[7]當日定神京[8]

世世相承致太平

生齒百年皆樂業

耕桑千里不知兵

如今[9]秋草尋無跡

依舊宮墻尚記名

白首孤吟斜日裡

有誰知得此時情。

---

7 聖神(성신): ① 성인(聖人)을 이름. ② 지덕이 뛰어나 통하지 않는 곳이 없고 영모 불가
  사의한 사람, 곧 임금.
8 神京(신경): ① 경성(京城). ② 수도(首都).
9 如今(여금) : 방금(方今), 이제, 지금.

성조_{聖祖}께서 그 당시 이곳에 서울을 정하시니

대대로 이어받아 태평성세_{太平盛世} 이루셨네

백성들 모두 나이 백 살이 되도록 생업을 즐기며

천 리 강토에서 밭 갈고 누에치며 전쟁_{戰爭}을 몰랐었지

지금 우거진 가을 잡초 속에 옛 모습 찾아도 자취 없고

궁궐의 담장은 옛날과 다름없어 아직도 그 이름 기억할 수 있네

백두_{白頭}가 되어서 석양 속에 외로이 읊조리니

그 누가 지금의 내 심정 알아 줄 건가.

次李景闇[1]韻

이경은李景闇의 운을 따라서 짓다

古宮埋沒閴無人

滿目[2]秋光不見春

三歲未堪新喪亂

七翁猶保舊精神

初筵不是尋常會

深契[3]何殊骨肉親

一餉[4]歡娛天所借

瓢樽[5]相屬莫辭頻。

---

1 李齊閔(이제민): 1528(중종23)~1608(광해군 즉위년). 조선중기의 문신. 본관은 전주. 자(字)는 경은(景闇), 호(號)는 서간(西澗). 효령대군의 현손(玄孫). 명종(明宗) 때 사마시(司馬試)를 거쳐 식년문과(式年文科)에 급제. 벼슬은 양주목사, 경기감사, 대사간, 대사헌을 지내고 중망이 높아 실직이 없이 숭정대부(崇政大夫)에 올랐다.
2 滿目(만목): ① 눈에 가득 참. ② 눈에 보이는 끝까지.
3 深契(심계): 깊은 정분(情分), 교분(交分).
4 一餉(일향): 한 식경(一食頃). 짧은 시간.
5 瓢樽(표준): 술잔.

잡초에 묻힌 옛 궁궐은 적적寂寂하여 사람의 그림자 보이지 않고
가을빛만 눈에 가득하여 봄의 모습 찾아볼 수 없구나
삼 년간의 새로운 전쟁은 참 견디기 어려웠는데
일곱 노인은 아직도 옛 정신을 지키고 있네
처음 모인 자리는 예사로운 자리 아니었으니
깊은 정분情分이 어찌 골육骨肉의 친밀함과 다를 것인가
잠시 유쾌하게 즐기는 것도 하늘이 빌려 준 기회이니
서로 술잔을 권하여 취하고 술이 많다 사양 마시오.

又

거듭하여 짓다

相逢共是亂餘人
風度雍容[6]座上春
兵火三年俱免死
清談[7]半日可怡神[8]
不辭造飮淵明[9]醉
轉覺揮毫子建[10]親
老境幸逢詩酒會
從茲[11]不廢往來頻。

---

6 雍容(옹용): 마음이 화락하고 조용함.
7 清談(청담): 명리(名利)를 떠난 청아(清雅)한 이야기. 고상한 이야기.
8 怡神(이신): 마음을 즐겁게 함.
9 陶淵明(도연명): 365~427. 동진(東晋) 말(末)의 문호(文豪). 자는 연명(淵明), 본명은 잠(潛). 성품이 고상하여 오류선생(五柳先生)이라 자처함. 귀거래사(歸去來辭)로 유명함.
10 曹子建(조자건): 192~232. 본명은 조식(曹植), 자는 자건(子建). 위(魏)의 건국자인 조조(曹操)의 둘째 아들이요, 문제(文帝)인 조비(曹丕)의 아우이다. 시문(詩文)에 뛰어남.
11 從茲(종자): 이제부터, 종차(從此).

상봉相逢한 우리 모두 전란 후 살아남은 사람들인데
인품人品 또한 온화하여 자리에 봄빛이 찾아온 듯
삼 년 동안의 전쟁에서 모두 죽음을 면하고
반나절의 청담清談에 마음은 즐겁기만 하다
술자리에 나아가 술을 마시고 도연명陶淵明처럼 취해보세
술 깨어 붓을 휘둘러 쓴 글씨 조자건曹子建에 가깝구나
늙바탕에 다행히 시주회詩酒會에서 만났으니
이후로는 이 모임 폐廢하지 말고 자주 왕래하길 바라네.

次李韻
이공李公의 운을 따라서 짓다

喪亂悠悠[1]幾日平
相看無策各傷情
鬢毛老去三分白
明鏡看來一倍驚
覊思[2]自成詩可遣
窮愁[3]猶在酒須傾
願將筋力扶興運
更置堯樽壽聖明。

---

1 悠悠(유유) : p.66 주(註) 2 참조.
2 覊思(기사) : ① 나그네 생각. ② 여사(旅思).
3 窮愁(궁수) : 곤궁한 슬픔.

전쟁은 길고 긴데 어느 날 평정平定이 될 것인가

서로 바라보기만 하고 아무 대책이 없으니 마음만 상하네

귀 밑머리 늙어 가면서 삼분三分쯤 희어졌는데

거울을 들여다보고는 갑절 더 놀랐다네

나그네 생각을 시로 읊어 세상 염려 달랠 수 있으나

곤궁困窮하여 겪는 근심 아직 있으니 술잔을 기울여야 하리라

원하옵건대 힘을 내어 흥성興盛한 운수를 붙들어 일으키어

다시 술 단지 가져다 놓고 임금님의 만수무강을 빌어 보세.

又
거듭하여 짓다

懷昔將身置太平
中間何事攪心情
暌違[4]雲樹休相訝
衰謝風塵尋見驚
亂後餘生知柏悅[5]
人間小器耻瓶傾
蒲團[6]相對輸肝膽
一句吟來兩鬢明。

---

4 暌違(규위) : 서로 떨어짐.
5 松茂柏悅(송무백열) : 소나무가 무성하면 잣나무가 좋아한다는 뜻으로 '벗이 잘되는 것을 기뻐함'을 뜻함.
6 蒲團(포단) : 부들로 만든 둥근 방석.

옛날 일을 생각하면 몸을 태평한 시대에 두었는데

중간에 무슨 일로 마음이 어지러워졌는가

친구들 멀리 떨어져 있는 것 의아하게 여기지 말라

풍진 세상에 쇠퇴한 이 몸 예사로운 일에도 놀란다네

전란을 겪은 후 살아 남아 교우交友의 기쁨을 깨달았으니

주량酒量이 적은 사람이 큰 병을 기울이는 것 부끄러워하네

자리를 마주하여 진심을 토로吐露하고

시 한 구를 읊노라면 얼굴 빛은 밝아온다네.

次洪子澄溶[1]韻

홍자징洪子澄 용溶의 운을 따라서 짓다

白髮殘生猶緩死

相逢何幸笑談開

對床欣慰還相賀

問舊驚呼却自哀

半世無心問田舍[2]

長生何術訪逢萊

此間勝會誠非偶

把手須傾此一盃。

---

1 洪溶(홍용): 자는 자징(子澄), 남촌(南村) 이거(李鐻)와 동방(同榜) 진사임.

2 問田舍(문전사): 구전문사(求田問舍)의 고사. 전답이나 가옥을 사려고 묻는다는 뜻으로 이기적인데만 마음을 쓰고 원대한 데에는 마음이 없음을 비유함.

백발의 남은 목숨이 오히려 죽음을 더디게 하는데
서로 만나서 담소談笑를 나누니 얼마나 다행스러운 일인가
음식 상床을 마주하여 위로하고 서로 축하할 제
옛 친구 일을 묻고는 놀라 소리치고 도리어 슬퍼하네
반생半生동안 일신의 이익 위해 아무 생각도 하지 않았으니
장수하는데 무슨 비법 있어 봉래산蓬萊山을 찾을 건가
이 자리의 성대한 모임은 진실로 짝이 없으리니
모름지기 손을 잡고 한 잔 술을 기울여보세.

圭竇[3]久緣無客閉

荊扉今始爲君開

三年流落荒三徑[4]

七老招尋賦七哀[5]

華岳[6]秋涼凋草木

長安宮廢見蒿萊

相逢不飲未爲得

秉燭更傾兩三盃。

---

3 圭竇(규두): 대문 옆에 나있는 작은 문. 쪽문.
　※ 양(梁) 소명태자(昭明太子) 칠계(七契): 「華門鳥宿, 圭竇狐潛」(사립문엔 새가 깃들고, 쪽문으로 여우가 숨어든다.)

4 三徑(삼경): 전한(前漢)의 장허(蔣栩)가 송(松), 죽(竹), 국(菊)의 세 길을 집 근처에 만들었다. 후에 은사(隱士)의 거처(居處)를 삼경(三徑)이라고 말했다.

5 七哀詩(칠애시): 칠애(七哀)란 시(詩)의 한가지 문체(文體)로서 조자건(曹子建) 왕중선(王仲宣)등에게 이러한 시가 있다. 조식(曹植)의 칠애시에는 부부의 이별의 슬픔을 묘사했고 왕찬(王粲)의 칠애시는 사별(死別)의 슬픔을 서술하고 있는게 특징이다. 칠애시 서문 주석에 보면 칠애(七哀)란 ① 통이애(痛而哀) ② 의이애(義而哀) ③ 감이애(感而哀) ④ 원이애(怨而哀) ⑤ 이목문이애(耳目聞而哀) ⑥ 구탄이애(口歎而哀) ⑦ 비산이애(悲酸而哀) 라고 의미를 규정하고 있다.

6 華岳(화악): 중국 섭서성 화현(華縣) 서쪽에 있는 산, 오악(五嶽)의 하나. 당(唐) 두목(杜牧)의 〈아방궁부(阿房宮賦)〉에 보면 진(秦)의 시황제(始皇帝)가 화산(華山)을 등에 지고 황하(黃河)를 앞에 두른 진나라의 수도 함양(咸陽)은 천연의 요새(要塞)라 하였음. 지금의 서안(西安), 장안(長安) 일대임.

쪽문은 찾아오는 손님이 없어 닫아두었는데
지금 처음 그대 위하여 사립문을 열었노라
삼 년 동안 떠돌이 생활에 집 주변은 황폐해졌는데
일곱 노인七老들 나를 찾아서 칠애시七哀詩를 짓네
화산華山엔 차가운 가을바람 불어 초목이 시들었는데
장안長安엔 궁궐이 버려져 쑥대와 명아주 풀만 보이네
서로 만나서 마시지 않으면 어이 할 건가
촛불을 밝혀놓고 다시 두 세 잔의 술을 기울이노라.

鄭貳公第暫設年會賦得短律
仰呈案右兼示諸兄

정이공鄭貳公의 사저에서 잠시 연회를 베풀었는데
단률短律 한 수를 지어 우러러 이공貳公께 드리고
겸하여 여러 형들에게도 보이다

三載兵戈[1]亂未平
分離何處各相情
一樽今夕歡依舊
萬死餘生夢亦驚
時事談來腸欲裂
秋光看了淚還傾
願君協贊攘夷策[2]
期掃妖氛[3]報聖明。

---

1 兵戈(병과): 전쟁. 간과(干戈).
2 攘夷策(양이책): 오랑캐를 물리칠 대책.
3 妖氛(요분): ① 불길한 기운. ② 전란.

삼 년간의 병란兵亂이 아직 평정平定되지 않았는데

어느 곳에 헤어져 있든지 서로 그리워했다네

오늘 저녁 한 잔 술을 기울이니 옛날처럼 즐거운데

만 번 죽을 처지에서 살아난 목숨이 꿈같고 또 놀랍다

작금昨今의 일을 이야기하노라면 창자가 찢어지는 듯하고

가을빛 바라보노라면 눈물이 또 흘러내리네

그대는 도와서 섬 오랑캐 물리칠 방책方策을 세우고

요귀妖鬼의 재앙災殃을 없애 성군聖君의 밝은 덕에 보답하기를.

又步高韻再呈淸覽

거듭하여 그대의 시운詩韻을 따라서 지어 드리니
청람淸覽하여 주십시오

漂泊東西久別離
重逢何料卽今時
危途幸免豺狼禍[1]
深契猶存管鮑知
蓬鬢共掩驚鶴髮
皺顔相對歎鷄皮[2]
披肝且可終宵醉
酬獻杯交莫問誰。

---

1 豺狼禍(시랑화) : 시랑(豺狼)은 승냥이와 이리인데 임란(壬亂)때 겪은 왜적의 잔혹(殘酷)한 화(禍)를 말한다.
2 鷄皮(계피) : 닭의 껍질이란 뜻으로 노인의 주름진 살갗.

정처 없이 동서로 떠도노라 오랫동안 헤어져 있다가

지금 다시 만날 줄 어찌 생각이나 했으랴

위험한 길에서 다행히 시랑豺狼의 화禍를 면했는데

깊은 우정 아직 남아 있는 것 관중管仲과 포숙鮑叔도 알아 주리라

뺨을 가린 쑥대머리 학의 깃털처럼 흰데 놀라고

주름진 얼굴을 서로 대하여 닭 껍질 같다고 탄식하네

진심을 열어 놓고 밤이 새도록 취하고

술잔을 서로 주고받으며 이름이 누구냐고 묻지 마세.

甲午九月日次蓮兄尹養叔仁涵[1]韻

갑오년 구월 모일某日에
연형蓮兄 윤인함尹仁涵 양숙養叔의 운을 따라서 한 수 짓다

京洛重尋蓮榜舊

開樽相對話當年

芹宮[2]追躡三千後

淸洞同遊二百仙

末路未收憂國淚

良辰[3]還唱感時篇[4]

太平烟月[5]知何日

幸保餘生只自憐。

---

1 尹仁涵(윤인함) : 1531(중종26)~1597(선조30). 조선 중기의 문신(文臣). 본관은 파평(坡平). 자(字)는 양숙(養叔), 호(號)는 죽당(竹堂), 죽재(竹齋). 어려서부터 총명하여 6세에 글을 지었다 한다. 명종 8년에 진사가 되고 10년에 식년 문과(式年文科)에 병과(丙科)로 급제함. 벼슬은 양주목사(楊州牧使)를 거쳐 호조참의(戶曹參議), 호서관찰사(湖西觀察使), 형조참판(刑曹參判)을 지냈다. 문장과 그림에 능하였고 특히 대나무를 잘 그렸다. 죽재집(竹齋集)이 있다.
2 芹宮(근궁) : 문묘(文廟)의 별칭, 곧 성균관(成均館)을 가리킴. 옛날 제후의 학궁(學宮)을 반궁(泮宮)이라 했는데 그 반궁의 물인 반수(泮水)에 미나리(芹)를 심었던 까닭에 생긴 별칭.
3 良辰(양신) : 좋은 때, 좋은 계절, 또는 봄의 계절.
4 感時篇(감시편) : 두보(杜甫)의 〈춘망(春望)〉 시에 「감시화천루, 한별조경심(感時花濺淚, 恨別鳥驚心)」이란 구절이 있는데 시인이 그 시대에 일어난 사건들을 목격하면서 마음 아파하여 꽃을 보아도 눈물이 흐른다 하였음.
5 太平烟月(태평연월) : 평화롭고 안락한 시대, 연기에 가려진 달의 합성어(合成語)이다. 도시가 번창하여 연기가 달빛을 가린 모양이다.

서울에서 동방同榜 급제及第한 옛 친구를 거듭 찾아

술 단지 열어 놓고 마주 앉아 당시에 있었던 일 이야기 하네

반궁泮宮에서 성인을 쫓아 배운 삼천 제자

선향仙鄕에서 함께 놀았던 이백 명의 신선들

늘그막에 나라를 걱정하는 눈물 마를 새 없고

좋은 시절을 만나서도 시대를 한恨하는 시편을 노래하네

태평太平한 세월 언제 찾아올지 알 수 있겠나

다행히 남은 목숨 보전保全했으나 스스로 생각해도 가련하구나.

又次一律
거듭하여 앞의 운을 따라서 율시律詩 한 수 짓다

蓮榜[1]同登四十年
幾將蘭契[2]共欣然
艱憂備歷今重會
疾病猶存未易痊
離合已看俱白首
榮枯[3]何必問蒼天
只緣王室方多難
未就歸與理廢田。

---

1 蓮榜(연방): 조선 시대 생원과 진사과의 향시(鄕試)와 회시(會試)에 급제한 사람의 명부.
2 蘭契(난계): 뜻이 맞는 친구간의 두터운 교분.
3 榮枯(영고): ① 무성함과 시듦. ② 성(盛)함과 쇠(衰)함.

과방科榜에 함께 이름을 올린 지 사십 년인데

두터운 교분 함께하며 기뻐했지

힘들고 고생스러웠던 일 죄다 겪고 오늘 다시 모였는데

병든 몸이 아직 살아 있으나 쉽게 낫지 않겠네

헤어졌다 다시 모이니 모두 백발이 되었는데

영고성쇠榮枯盛衰를 어찌 하늘에 물으랴

다만 왕실에 지금 어려운 일이 많으니

아직 돌아가 황폐한 밭 가꾸지 못하네.

鄭貳公第暫設年會次貳公韻送黃淸之年伯

정이공鄭貳公의 사저에서 잠시 연회를 베풀었을 때
이공의 운韻을 따라서 시를 지어 진보眞寶로 부임하는
황청지黃淸之 연백年伯을 전송하다

湖海蘭香聞九重
分符忽被聖恩隆
高標[1]久入鄕隣敬
惠澤新從縣邑濃
蓮榜幾年存舊契[2]
風塵[3]今日喜重逢
相看白髮無窮恨
只托離筵酒一鍾[4]。

---

1 高標(고표) : 높은 인품, 높이 뛰어남.
2 舊契(구계): 옛날의 교분.
3 風塵(풍진): 세상의 소란. 전란.
4 鍾(종) : 술그릇. ① 술병. ② 술잔 으로 쓰인다.

초야草野에 피어난 난蘭의 향기가 구중九重 궁궐에 전해져

벼슬을 받았으니 갑자기 두터운 성은聖恩을 입었네

뛰어난 인품人品은 오랫동안 향리鄕里에서 존경을 받았는데

새로 부임할 고을이 두터운 은혜를 입겠구나

과방科榜에 이름 오른 지 몇 년인가 아직도 옛 정분 남아 있는데

소란스런 세상에서 오늘 다시 만나니 기쁘구나

백발을 서로 바라보면 끝없이 떠오르는 회한悔恨

이별의 자리에서 술 한 잔에 아쉬운 마음 달래보네.

粟蔬堂 李文蕘 漢詩集

역자후기

《속소당 유고粟蔬堂遺稿》를 번역하여 출간하는 일은 종중인宗中人의 숙원宿願이었다. 이제 문집 국역國譯을 계획하고 집필을 시작한지도 어언 2년의 세월이 다가 오고 있다. 필자가 게으르고 무능한 탓도 있었지만 정말 능력의 부족을 한탄할 때가 많았다. 두려운 마음으로 일보일보一步一步 앞으로 나갔다. 국역 과정에서 가장 힘들었던 것은 낙자落字와 탈구脫句가 많아 시구詩句가 형성되지 않은 데가 많았던 점이다. 또 문집에 주註로 달려있는 남촌공南村公 시詩 부분도 전적으로 수긍首肯하기 힘들어 여러 면으로 검토해야 했었다. 막상 한시漢詩의 번역에 임했을 때 참으로 막막한 곳이 많았다. 한 구절을 해독하고 옮기기 위하여 어느 때는 하루 혹은 이삼 일을 기다린 적도 있었다. 두려운 마음으로 강호江湖 제현諸賢의 질정叱正을 구하는 바이다.

속소당 시의 특징은 용사用事의 활용이 매우 넓었고 격이 높으며 장편 시에 탁월한 재능을 보여주는 듯하다. 특히 눈에 띄는 것은 음풍롱월吟風弄月 격의 시가 거의 없다는 것이다. 시대에 대한 뜨거운 관심과 열정, 인간 간의 관계를 시구절로 메꾼 현실감은 마음을 절절하게 하며 매우 긴 여운을 남겼다. 속소당의 시를 읽으면서 생전의 모습과 삶의 족적足跡을 눈으로 보는듯하였다. 이제 한 권의 책으로 엮어져 세상의 빛을 보게 되었으니 오직 감읍感泣할 따름이다.

이 책이 나오기까지 물심양면으로 아낌없이 도와주신 속소당 문중의 이정필李貞弼 전 회장, 이석필李釋弼 현 회장님께 감사의 뜻을 표한다. 또한 흔쾌히 책의 해제解題를 허락한 김갑기 교수, 번역 과정에서 많은 도움을 준 오랜 친구 이동향 교수, 그리고 악필의 원고를 아무 불평 없이 끝까지 타자打字해 주고 교정校訂해준 딸 지의에게도 고마운 뜻을 전하는 바이다. 두려운 마음으로 비재천학菲才淺學이 후기後記를 서敍하노라.

2011. 10. 11
국월菊月에 아양산 하娥孃山下
모재茅齋에서 원손遠孫 성星이 삼가 씀.

부록1
一雲遺稿
속소당 이문명 한시집 원문

粟蔬堂 李文蓂 漢詩集

粟疏堂遺稿

詩

閑坐偶成

有限樽中酒無窮心上愁愁來酒不到白髮空添頭

在湖西用前韻

湖西星換累漢北日望愁時事逢人問人人多掉頭

用前韻謝人贈酒

三杯消萬斛於世有何愁如今飲君酒綠髮再生頭

次贈山人

戊寅秋余宰溫陽時任使少釋聞余流寓桐

此一首南村公詩

林村来獻黑葡萄紅柿子以舊情也新昌在
側感作一絶余亦次贈

仙果昔僧遺取看楷病目涂丹不改前甫我頭俱白

鄭貳公第暫設年會次貳公韻送黄清之年伯
赴真寶

握手臨分虚傷心欲暮天南郷千里外何日更言還

偶成

達則功名否則山不湏虚老是非間夕陽天末蒼茫
外雲自無心水自閑

次歸字韻

無喜多憂詠賦歸故園回首遠山微若浮塵黃充酒

耄不湏衣白叩柴扉

　　吟

子涵簡面每稱余食知今世多食知之孫余偶

樞府如今常漢職溫陽自古顯人官強題簡面食知

宅貴賤雷同不欲觀

庚辰春第二孫專伻以問且送美酒

送汝于家心若失星來始識做工勤喜中又得忘憂

物春興陶陶滿室芬

奉謝敏師遠訪

午睡初驚白日低　有僧来訪自湖西　可憐不遠慇懃

意欲謝難将一筆題

謹奉權碩士経丁

音信相違久不連世間人事苦難全時勢又逢逢轉

日一樽重與在何年

庚辰八月初三日吳玉卽委送女奴以問衰病

感吟一絶酬謝孚眷

德山德意聞兒報盤谷盤桓降我心誰知蘭室相歡

重自是萱堂鍾愛深

初五日吳卽酬答送以示詩曰

南極老星垂盤谷百年今日李愿心函来一札

清詩在再拜先生德意深

初七日余感吳君示意勤至以題素懷

盤旋邦有韓愈壯蓬轉曽無李愿心某樹某邱是吾

植徜徉惟喜窈而深

七政第四分吳野八龍無雙識道心聚會德星當五

百始知天意此中深

曽聞種德家山美今見吾君錦繡心酬贈詩篇無俗

韻一唱三嘆悟機深

搏擊孤高多義氣招邀賓客少逢心老幼不遺無忻

失百年知遇儘情深

墻外徘徊難入室膏中鄙陋願薰心開軒偶下陳蕃

榻酬盡平生趣向深

植物雖微殊好惡池蓮階竹總虛心虛心長作閒中

伴風雨前川洞府深

世路多人無與會年來作事不如心昔時漁釣今飄

蕩鶴髮星々歲月深

次第二孫寒食絕句韻

南北東西無定處又逢寒食海西天可憐今日其湏

記風雨崇禎十四年

冬日炙背

窮陰愛日轉如輪招集兒童暖欲均終朝炙背同

襲自喜吾家別有春

又

蒼前初幸映紅輪炙背還思暖不均我願皇天無物

我洪鈞轉處共陽春

寓月屈里得閒城主七言絶句一首曰

太守騎驢醉獨歸静庵寺下路還微山僧何事

來宰與大吠烟村竹亞靠

病廢中喜奉城主瓊什珠玩口誦不己忽聞城

主因事棄官之奇驚嘆萬々敢拾荒拙以申區

區

驚聞明府忽思歸無乃行藏在式微臥病猶知今日

事郡民烏鵲擁朱靠

喜聞城主以方伯不許辭歸有嚴教偭偄還官

再續前韻

興望初疑歸不歸日晡企待自熹微忽然去路為來

路百里今休閒夜靠

申外孫嵩耇為訪月屈里寓處用前韻題贈一

絶

飄蓬未遂故園歸長向公山慕少微今夕連床情不
極問君何日再敲扉

偶吟

天邊行雨雲無定蘆渚窺魚鷺未閒雄有栗蔬堂上
客北窓晴日對秋山

首

洪鹿門送詩求和兩本草裂破所存只此三

多君無意濟時康歸臥巖泉酒一觴白首為親
營爨室世間方信有黃香

芳辰美酒足歡康秋菊何辭泛羽觴安分投閒

余所願不求浮世見知香

兩人對酌兩心康一觴一觴復一觴商畧督郵

風味好蘭陵何必鬱金香

累承教示但欲和瓊韻詩思每為康字所敗終

不成腔伏望休止以安老生

新詞欲和慚　康詩思還如中酒觴把筆終難成一

句小窓風雨只銷香

老去精神豈自康每因多病慚盂觴前宵盡醉心猶

淡始覺蘭交晚更香

冷雨侵床氣不康朝來自酌兩三觴忽驚剝啄承來

教復有新詩滿紙香

滿紙憂時慨不康寬心寧欲醉壺觴帝王治亂留青
史祇為遺臭亦馨香

曾聞微服出遊康變有瓊宮玉作觴聖狂千載終難
掩鑑戒昭昭臭與香

萬曆年來四海康環東一域日攜觴奄聞殂落人皆
慟過窻聲音共設香

次本絶句呼韻而諸作失

自將衰病尋幽僻十載悠悠卧一雲今日幸逢遺世
客松陰何必鹿為群

進士阜求和

逐水孤舟為訪真前身曾是武陵人春深倘許
重來約湞泛桃花更出津

次進士阜韻

天姿質〻是吾真行色栖〻何處人去路東西令莫
問老農知耦不知津

送子女遣懷

送女安城送子京寒齋終日撫垂纓窻前獨有梅花
樹為送清香慰我情

外孫申嵩耆脫衰自嶺外來省余〻亦去歲畢

喪令見相與摧痛如初茲馮心懷

我失慈天汝失嚴兩家罹禍憐相兼令來慰省何言

復只有潜然漏雪鬢

江陵府伯睦令公大欽寄書惠魚用前日相和

濃字韻以謝珎重厚意

人間隨處九疑峯事〻無非歎不容最是鴒原各千

里日邊天末暮雲濃

君過去天不尺峯應傷如玉如花容有何興況思山

客再拜鮮香蒲口濃

玉鱗猶勝紫馳峯長袖奇觀舞處容浮世他鄉多好

事茶山歸意未曾濃

崢嶸樓閣倚山峯貊國仙區普日容信美殊非調養

地海風恒烈瘴烟濃

天上蓬萊第二峯令兄徐步處従容時垂書贈如君

眷感歎交情老益濃

又因便和贈濃字韻三首老生又用前日東字

韻以呈

我在嶺西君嶺東山川雖阻浩天同暮雲春樹清宵

月兩地相思望眼中

自憐吾兩各西東把手何時笑語同宣室求賢應不

遠警君長在醉鄉中

生憎世路有西東不喜民風且異同世路民風難會

得阮生空自泣歧中

太史封東道亦東惟精惟一與民同如何時習令携

貳爭是爭非亂厥中

刀斗西南欲向東其誰惠好與之同請君試看滄溟

外一片虛舟萬頃中

在一雲聞黃岡安否仍寄諸弟

大中時應客齊安此日連床正二難紅粉三行之樂

處把盂觥記把漁竿

右示判剌

黄岡風味獨餘專一笑淹留己半年従知月老猶剛

健為結紅繩若是堅　右示昊寧

去歳南中今歳西少年襟韻老猶齊男兒随處恩晴　右示大中

重幾向梨園笑語低

白雲関海看時淚青草池塘夢裡詩膝下鴒原歸未　右示鄙意

得喜聞秋鴈向南飛

仙桂未攀高蟾怨柳枝初放樂天悲莫道寬心無過　右示士中

酒々如成病悔何追

與黄岡故人秋以為期判刺見遞日寄一絶

新盟舊約更相堅如石初心尚不鐫莫恨今秋歸計

誤好緣應在有生前

聞實席開酌圍碁戲呈洪元亮老伴

主辱揖生臣子職國亡懸膽越王嘗縱效圍碁謝安

石不湏連日醉壺觴

次贈洪元亮

始識湖西近帝鄉南昌縣裡落文昌清新氣像人胡

筞萬姓渾如入圈牢

次權玉即佳字韻

曾聞名族士多佳令見天然出水花樽酒無歡攄首

數白雲飛處黯思家

奉酬李進士齋衛瓊韻時落第還寓作詩以慰

始終可見人間世得失須憑塞上翁紅杏碧桃時或

早芙蓉出水在秋風

偶吟

飄零湖海安吾分時事如斯歎奈何與客論文論不

細家人莫道酒無多

桐林霽宵有懷權玉卽

紫桐花下昔栖遲鳳質鸞姿學幼儀一去不來山寂

寂夜深新月掛空枝

病伏桐林山下有客過去偶吟

栖々行色德之衰從政如今且殆而莫問津程止于此滿山皆是碧梧枝

旅寓中憶洪元亮

一自分離星散後有時消息賴蒼頭飄蓬白日首雲夢長在南昌拱北樓

流寓中崔碩士昆季遠来委訪感吟

佳客淹留天作關霏々雨雪落苔斑一樽相對論何事終日言々在故山

去年胡騎自西關飄蕩東南鬢髮斑他鄉醉盡故人酒氷塞前川雪滿山

失題

玉貌端嚴獨出羣士林扶植共推君花落春風何太早老夫無復把清芬

李上舍有來訪先音苦企之餘只送海珍不勝慨然戲吟一絕

吾家有酒身無事日望詩仙叩竹扉令得海鮮還自慨其如玉貌與相違

漳洲守故宅昔日諸酒伴來邀感吟絕句三首

隣友權震夫為言以其洞奇談余感而記之

東風楊柳小池塘乳燕舍泥暖日長怊悵仙翁

此一首南村公詩

今不返獨来無語倚空墻　右吳監司翻

憶曾遊宴此池塘白髮蒼顏舞袖長今日樽前
人不在落花無數過東墻　右睦僉判長欽

次

堤上小堂堤下塘鶯歌燕語為誰長韶光如昨豪華
盡舊客多情倚短墻

送黃清之赴真寶

相看各訝舊形非亂後殘年又近稀何況逢君還作
恨不堪垂死送將歸

遭亂在原呂閒偶吟

月暈重南漢出奇寂廟謨三旬　千乘主一髮萬金軀憤慨村氓在忠勤壯士無砲聲天地震越視為胡奴

又

西關政守失舉國避胡塵青草池塘夢黃梅雪嶺春感時多灑淚奮義鮮亡身釋亂人何去甘心議帝秦

又

流落他鄉日其如酬節何開樽邦有酒緣樹且無花北風寒猶苦東君令失和逢春〻不似仰屋獨吟哦

病中感吟

一失調身術因成百病叢三年治杏效二竪禦難功

海外着雲断堂前舞彩空窮天泉下痛為子孝無終

敬呈李城主閤下

清白民皆見剛柔我獨知從容談世事不覺淚先垂

昔日吾明府如何今在斯幸逢經亂後却憶莅官時

鄭碩士求和庚辰重九日路由開元有作

聞說開元日寺僧此地營王公惟佛法士庶尚

談経塔聳層々立碑高字々明渚天今寂寞古

事入江聲

次鄭碩士瑗韻

深秋尋古寺危路費屏營寶殿僧拜佛蓮花容點經

開元題額爾創始在唐明興廢傷心虚隨陽鴈送聲

庚辰冬胡將龍骨大來集龍灣威脅朝廷厥由

難測京外洶懼吾一家不能晏然于盤谷移寓

湖西瑞山時宋道源來慰贈以詩曰

十載湖上客東阻洛陽城門外三松老庭前萬

竹生青空數點鴈滄海獨歸舲物色惱人意難

堪故國情

謹續宋碩士韻

傷心鴨綠水惜我鳳凰城鞋鞴為巢穴遼民際死生

謀臣俱屈膝浪客獨揚舲試想西關事何安臣子情
末句改云莫謂江湖在寧無憂世情

又

文武才全士聲名震洛城太中疏白面安石起蒼生

落魄湖西路生涯水上舲少微星隱日来慰故人情

有為食所遊因別盤谷盒侍

親舊歡娛日吾生八十年曾為出贅客今共暖醪烟

真率俱相好恭修豈歸邊浪仙將渡水情思轉愀然

寒食日獨坐無聊次杜草堂寒食韻

節近清明日初着野馬飛消愁因強飲為炙背斜暉

飄蕩今無定松楸計又遠可憐蝴蝶夢長向故園歸

病中聞城主思歸且承求和其詩曰

清談且夜分何忍見天文漠々前林雨依々遠

岫雲此時人不見何日鹿為群獨有孤庵在寥

寥對此君

敬次

宸憂昔警分蒞政滌深文民愛如冬日治聲聲夏雲

拂袖思三逕攀轅聚萬群非言五斗米可念九重君

又喜聞城主不遽還官再續前韻

輕重自能分旋膺使相文爭迎再赴遞咸喜旱時雲

氷玉難為儷仿明軾與群斯言非面瞞民亦有天君

吳賢侍舊契違進提壺遠訪且寫短律以示情眷

余甚感慰因次瓊韻敢布謝悃聊呈諸盍

兄弟兩間稱友于豈挍交際友于無相隨情意推同

氣共戎恒心在作巫雲樹數年勞夢想金蘭今日列

方隅疎愚狂簡人休笑函丈曾前學者徒

吾君休道習盤于無慮無思似我無修屋誰為都料

匠懷椒難降決巫毛頭昨夜明天際重霧今朝暗

座隅萬象霏微渾不見招招舟子更誰徒

古人逢敵必於于今世於于者有無摧陷孰能當鐵

騎安危寧欲問神巫士夫顛倒投山谷玉輦蒼黃向

海隅此日思良鳥可已周宣任用穆公徒

武皇當日逐單于大漠王庭漢世無壯畧舉皆稱盛

事甘泉何撝惑妖巫即令踩躪關西界焉得芟夷塞

北隅我願宸衷修實德風來空穴語非徒

先王成憲可監于理亂從來彼此無如子民歸皆是

聖防川水壅莫非巫若能置腹推心赤那有憂時向

屋隅路阻天門千里遠寧為西塞志和徒

束帛丘園昔賁于通來此事有耶無丈夫自許行周

道神氣何殫見大巫每仰眾星環北極幾嘆吾老失

東隅晴懇獨坐空啼鳥一室蕭然四壁徒

次唐賢送官八道韻留別在官諸娥伴人

求仙是非為吾衰誤信瑤壇勝玉壂莫謂宮中遺帝

眷自眈天上化黃眉離群偏性辭歸日洒漭諸娥惜

別時魏闕清都從此隔好專恩罷待衣垂

佐郎和韻

空泠灘上東歸客蕭寺懸燈一夜留三峽雲烟

迷去路二陵風雨滿孤舟汀蘺草綠騷人怨山

杏花開杜宇愁欲向龍門尋舊約桃源何處有

仙郎

次佐卽韻

朝逢晚別須史際若舊情懷惜去留歸路烟花香滿
袖前江風浪泛虛舟懇懃縱許重來約會合邪期更
慈愁一掩柴門山岳隔不堪新月掛空卯
市遠家貧供草〻佳賓難與暫時留尋真莫疑蓬萊
島返棹還如雪夜舟短律長篇非謾興落花啼鳥似
深愁門前錦浪君須記一半辛山亦勝卯

次杜工部卜居韻

曾向名塲已掉頭來卜菀裘地最幽流水青山仁智
樂劍慳開秘鬼神愁巖邊盡靜松陰落洞裡香飄桂

子浮光景四時隨處好生涯從此付漁舟

閔碩士汝鎮自京向嘉平高峴別墅爲訪余于

一雲江村泛虛亭因往高峴數日後又來兩止

且贈四韻詩三首余感慰因拾荒拙以酬珎重

厚意

閔生求和一

山下茅齋向水開此間蕭洒絕塵埃兩餘脩浪

蛟龍滑霜後群峰錦繡堆松影自翻床上卷菊

英聊泛手中杯白頭無事逍遙處榮辱何嘗近

耳來

和閔碩士韻第一

花徑蓬門廢掃開壁間懸榻己生埃喜聞剝啄跫音

近細做談論玉屑堆今夕追随非謾興百年加遇且

深杯主人晚節雖多愛仙客如何去又來

求和二

幽居不異在郊坰為問何年等此亭近接西方

者土迥臨南極老人星滿天風月酣千日持地

江山護百齡仍得彩衣稱慶樂紫霞仙客苦伶

傅仁 上

敬次第二

小車乘興出林坰探勝尋幽愜我亭顧問移居何歲

月曾無曆日紀天星種松已見龍成甲短髮空令鶴

羡齡縱有江山焉得趣杖藜時復笑伶傳

求和三

生涯冷淡世皆傷獨自陶陶興甚長不必珎著

方適口何湏玉食合充腸烹來露圃朝餐軟炊

出沙田晚粥香誰識天然一味足却扶神氣八

句強

敬次第三

此日棲棲莫歎傷鵬程萬里最脩長壯行不遠勞心

智素志無他見鐵腸經濟己期民物阜立揚須待姓

名香君家且有陳家美才調難言某也強

詠鷄雛群得金字時自呂江來寓新昌縣

鷄雛猶未羽如金當午無聲過竹林擊柝孤城吹鼓

角思鄉清曉只山禽慇懃聚養情非淺喝唧期聞意

亦深為善孜孜須甫輩司晨何日警吾心

謹酬李措大雅侍韻以示鄙意

倦鳥猶知趁夕還旅人何獨淚潛潛萍蓬湖海逢寒

食風雨松楸想故山去歲驪州江草綠今春介浦渚

花斑問君何日胡塵靜帳望西關撫鈎環

遊寶林山次巖庵敏祖師韻

依巖小剎寶林頭人擬玉京天上楼僧坐清宵摘星
病客來閑日對蘭舟遠望湖山随謾興余聞空寂息
塵愁欲留仙境沉痾重孤負天香桂子秋

挽辭失題

君年柷戌少三十交際還如伯仲間高義猬尊凌雪
嶽深情相許照心肝悲涼怨笛那堪聽零落清詩未
忍看此去重泉幾時返倚閭霜髮眼長寒

送春會酒闌李華國言東岳律詩余因和其韻
以謝華國情侍

吾君早歲慕伊皐士類皆稱不世豪華國才名誰敢

敝尊賢義氣日增高胡塵盡去遺書籍事業今來載

釣舸萍水相逢盤谷里紬論何在酒葡萄

四友堂在大德山吳氏家前後文章才士留詠

數篇寫以錄之余亦作詩以繼

天德山前石等臺高堂輪輿小塘開孝忠惇信

平生慕竹菊松荷昔栽雲接九龍時雨過城

餘百濟舊邦頹收禾沃野清川膽絶勝迷途困

世宲

右朴蘭所作

削成鰲島真仚臺羣攜分明畫裡開作古山容

歸領畧斬新庭實八封栽池平掌上泉猶活天

在壺中月不頹亂後巋然同魯殿主人高臥可

無災　右車天軺咏作

紅塵無地起樓臺遠卜衡芳背郭開四面雲山

皆戒有一區花竹亦吾栽回塘細雨魚爭出虛

檻移樽玉幾頹斷送此生無外慕任窮浮岳浪

招災　右洪迪咏作

次

吾君省察諟靈坮日與聯芳講席開正似兩程論格

致郍同二陸去培栽鳶魚上下方塘靜磨琢從容返

照顧弟問兄酬都是義天應福善自無灾

又次送逸少上京赴試

曾聞宇已慕滄臺今見真知自信開蘭菊有時無旱

晚芙蓉出水劾培栽丹墀獻策披肝盡黃桂方馨滿

首顧羽化雲程九萬里塵寰莫念不虞灾

在湖西時宋道源来見作詩求和

長安客子未帰身抱病経年滞海濱四首東京

多鼻謀移家西土避兵塵山形恰似三千蜀地

勢雄成百二秦洛下親朋経亂後相逢謂我武

陵人

丁丑年前未死身偷生餘睨老江濱南渡君臣

著面目西来消息驚風塵計誤東窓七大宋耻

深北地帝狂秦尊周義断天倫晦他日何辭對

漢人

謹續宋碩士韻

自歎儒術不謀身歲暮来尋寂寞濱難擊中流北渡

楫有時擧扇西風塵間達無心諸葛亮扶携遠避庯

狼秦村児莫笑喪家狗昨日崇禎天地人

國亂思良雖效身龍兵已捷鴨江濱一雄篩令如流

水兩様推還漲路塵強弱雖迷事齊楚是非何吾辨

儀秦陳平束手荆卿死吾屬當為左袒人

時危民物就安身或向深山或海濱多羨吾君先見

智遠來心跡頗追塵九合攘尊惟管仲一從征伐是

蘇秦當之大義今誰責獨有家庭受訓人

次李君望 時得韻

騷坩天子是前身降謫東丘碧海濱詩思清新知姓

李襟懷洒落掃肯塵交遊必正惟尊魯禮義存心獨

擯秦村望如斯應有用倚雲紅杏待吾人

休言虛老百年身虛老邪知此水濱迂訐豈施經世

亂愚謀未售靜邊塵憑陵北虜要欺楚暴效東窓莫

是秦我顧君王湏惕若公卿洗逐不廉人

庚辰重九日鄭碩士求和

支離旅泊長搔首此日那堪送九九野馬十年

思歇鞍楚衍三獻欲求售乾坤日落黃昏漸江

漢秋深白石瘦領得遠遊多物莘不禁山客有

新句

敬次

有問於君稽白首如何早歲遭陽九半生經學旣難

施萬里雲程猶未售修德潤身隨處胖吟詩病骨秋

来瘦聲華景慕十年餘無敵精神存八句

南村公诗

李進士君望次道源韻又贈余多有大過其實

不敢當之言余作此以酬其詩

世上名高物外身宛如釣桐江濱箱中寶籙求真

詫袖裡清香碾玉塵學海汪洋超漢宋筆端神妙效

周秦千載風流誰與此杜陵詩上八仙人

漢都感事

三年始過洛城東只有山形昔日同華表鶴聲哀不

盡宗周稷穗怨何窮市朝寥落斜陽外宮殿虛無秋

草中此禍蒼天猶未悔任教千里骨為叢

又吟

南村公詩

聖神當日奠神京世々相承致太平生齒百年皆樂
業耕桑千里不知兵如今秋草尋無跡依舊宮墻尚
記名白首孤吟斜日裡有誰知得此時情

次李景閆韻

古宮埋没閴無人滿目秋光不見春三歲未堪新喪
亂七翁猶保舊精神初笠不是尋常會深契何殊骨
肉親一餉歡娛天所借瓢樽相屬莫辭頻

又

相逢共是亂餘人風度雍容座上春兵火三年俱免
死清談半日可怡神不辭造飲淵明醉轉覺揮毫子

達親老境幸　詩酒會從茲不廢往來頻

次李　韻

喪亂悠悠幾日平相看無策各傷情鬚毛老去三分
白明鏡者來一倍驚覊思自成詩可遣窮愁猶在酒
須傾顧將筋刀扶興運更置堯樽壽聖明

又

懷昔將身值太平中間何事攪心情睽違雲樹休相
詫衰謝風塵尋見驚亂後餘生知栢悅人間小咒耻

瓶傾蒲團相對輸肝膽一句吟來兩鬢明

次洪子澄韻

白髮殘生猶緩死相逢何幸笑談開對床欣慰還相
賀問舊驚呼却自哀半世無心問田舍長生何術訪
蓬萊此間勝會誠非偶把手湏傾此一盃

又

圭實久緣無客開荊扉今始為君開三年流落荒三
徑七老招尋賦七哀辛岳秋凉凋草木長安宮廢見
蒿萊相逢不飲未為得秉燭夏傾三兩盃

鄭貳公第暫設年會賦得短律仰呈案右乘示
諸兄

三載兵戈亂未平分離何處各傷情一尊今夕歡依

旧萬死餘生夢亦驚時事談來腸欲裂秋光着了淚

還傾願君恊贊攘夷策期掃妖氛報聖明

又步高韻再呈清覽

漂泊東西久別離重逢何料即今時危途幸免豺狼

禍深契猶存管鮑知逢鬢共掩驚鶴髮皺顏相對歡

鷄皮披肝且可終宵醉酬獻杯交莫問誰

甲午九月日次蓮兄　養叔韻

京洛重尋蓮榜旧開尊相對話當年芹宮追躡三千

後清洞同遊二百仙末路未收憂國淚良辰還唱感

詩篇太平烟月知何日幸係餘生只自憐

又次一律

蓮榜同登四十年幾將蘭契共欣然艱虞備歷今重
會疾病猶存未易痊離合己甘俱白首榮枯何必問
蒼天只緣王室方多難未就歸歟理廢田

鄭貳公弟暫設年會次貳公韻送黃清之年伯
赴真寶

湖海蘭香開九重分符忽被聖恩隆高標久入鄉隣
敬惠澤新從縣邑濃蓮榜幾年存旧契風塵今日喜
重逢相着白髮無窮恨只托離邁酒一鍾

一雲秋夜續李白紫極宮感秋韻以效先賢諸

作噫先後聽竹時李蕘各年四十九後村五十
九今余六十九无有感焉

涼露月下零團々庭畔竹幽人坐不寐滌煩思欲搦
感秋古來多非我今宵獨行年稀少一所訐皆違宿
窮廬寄餘生前路憑誰卜惟膺顏四勿常念圭三復
聖訓尚丁寧吾心恐隆覆侵晨攬細衾豆粥釜中熟

追韻酬同宗李正郎

嗟我浮生々不辰遭亂長作流離人東西南北无尚
依呀難非宅惟其隣吾君惻然感謂曰去歲移居寂
寞濱邑名懷仁民俗淳可以共避奴胡塵又有江上

數頃田有主無主俱荒陳我聞此語決歸志無乃醜

效西施顰呼兄呼弟且叔侄與之往來常頻頻同宗

樂事會芳園設席相叙明天倫自知往夫老更狂醉

後和風吹脫巾君不聞留侯張氏始卜龍尾山子孫

襲居代代蒙國恩逮我皇明嘉靖年蕃衍繼繼六十

世世上迄今稱慕仙圃之長春

挽黃正卽詞

長水山明麗黃家閥閱高雲仍多國相功業等蕭曹

百載生賢士三韓得俊髦交遊皆與益文藝獨能操

探道由洙泗誠身學退陶禮圖終夫舉秋卻晚承襃

嘉縣餘風一世豪商顏同皓隱潁水并巢逃

尊敬齋鄉曲行吟楚澤騷享年愈渭叟素志用牛刀

單至儒林慟分崩子女呼重泉令永隔何處寄鵝毛

伏次

黃香扇枕席老萊舞斑衣由來事父母養志者庶幾

吾親亦如是愛慕自嬉戲平生極榮養無處不稱意

昔以黃州牧令以龍興府況值劬勞日欲報以昕有

經營來吏民備費傾倉箱茲為白首親寧嫌頰尾魴

賓主設內外蘭蕙皆馨香珎着自官供誠敬吾家物

事死如事生先廟先侑食然後動眾樂宴席明天目

於是吾父親感淚衣間濕傴僂一盃母子情何極

思鞠育日無窮昊天德堂上百歲親膝下稀年兒

盛事觀如堵戴白與鬢垂皆云專城養今古雖此獨

何羨登蓬瀛不如坐戎幕抱樹永慕皐懷橘少年陸

孝親皆是君々親豈先後吾親祝無筭吾王亦萬壽

吾親不我保何以免顧僕鳴呼吾父志豚兒恐難副

四十尚無聞繼述多著愧唯當今日樂滌盡心如燬

見吳氏四友亭次文人之留咏而并序以寄吳

逸少大師

余流寓陽城盤谷里為訪大德山吳氏年少

諸賢侍諸賢即海州首陽公之後裔遠自麗
代門閥高大赫世軒冕著于青史者多逮至
我朝與名相允諫同宗服盡義分最重人皆
稱之中葉以來居于大德山百餘年間祖業
善述文武繼出魁登科第職顯朝家行高一
鄉堂名四友四友兄弟四人相友而為愛者
耶花木四品甚愛而為友者耶孝忠悌信諸
賢之素踐硯竹菊松荷諸賢之所愛翫清風
和氣四時長春聯芳日〻為善為樂觀瞻遠
近敦不欽嗟吾家亦且破族結婚其與先大

人衆判公夫人李氏同高祖高祖是　大王

大妣文定之外皇祖考行大司諫贈領議政

全義人李德崇也以此相好時〻從遊仰次

壁上板韻以效鄙意勤眷

翼

鳳凰臺今世吳門亦擬開此間鳳雛成羽

竹己培栽月明庭畔梧陰老飢啄琅玕食

實頹湏待朝陽鳴噦〻岐山玉石似多灾

小車乗興強登臺秋菊開邊口欲開一席杯盤今日

會滿園花草幾時栽家多才俊雲仍盛筆走龍蛇錦

頹

之英莫誇麗眉山草木昔罹灾

挽慶僉知詞

赫世忠良遠自麗傳家事業尚今宜持論正直真儒

仰治郡嚴明暮夜知民愛君恩資級貴女貞男哲亨

如是報福天何此獨微

부록2
〈遺文合編〉 중에서

粟蔬堂 李文蕢 漢詩集

自然堂公文

百年壽宴圖後叙

歲在戊戌四月日正植往拜于同知大父大父出一帖以

三十一

示正植曰此汝所當見也正植跪而受開見之乃高祖妣
蔡夫人壽宴圖及李白軒景顥許持平穆所製壽宴圖序
也正植感愴之餘關李許兩序叙其事頗詳密然尚恨有
闕者不盡載宣祖大王特加之思又不盡先世事終始是
或有所不聞不知而然者也嫩正植才甚駑雖不涉文字
間其時事曾有聞於祖考其後事亦有所目見者矣自嫌
不文不爲後序則傳於後者有所未盡故正植竊悶焉爲
之叙曰往在辛丑年宣祖大王備忘記曰年老人三品以
上頒賜酒饌政院啓曰叅議李邊之母今在京中時年九
十八歲曾無封爵不得叅今日恩數矣上特賜酒食至癸

卯春正月初三日傳曰李遽之母今年百歳李遽加資以
慰其母初七日政曾祖考拜右尹高祖妣親受命誥為貞
夫人望日曾祖考進箋補謝上敎諭勿謝命書史册以照
後世于時擧國之人咸曰蔡夫人壽至百歳身榮子貴五
福一壽其信矣乎自是自上食物之賜衣資之賜不絶上
謂筵臣曰卿等見地上仙乎筵臣對曰未之見也上曰孝
遽之母是地上仙也是年冬曾祖考除京畿監司設壽宴
以邀一世之公卿獻壽盃是日內外子孫衣冠者數十人
在執事之列觀者盈路莫不稱美曾祖考圖其事以為傳
家之寶而丙子之亂失於兵火乙巳春曾祖考與諸宰有

自然堂公文

三十二

慈親者作百年契將設宴事聞于上上令八道備給宴需

至宴日賜樂命罷各司畫直使皆得縱觀前後恩數古今

罕有今年春同知大父招盡工幻百年壽宴圖嗚呼其亦

不幸而癸卯之圖失於亂其亦幸而乙巳之圖成於今也

高祖姚丙午年捐世享年百三歲自吾先世享壽者非特

高祖姚而已高祖考享年八十一曾祖考享年七十七曾

祖姚享年九十三曾祖考兩妹享年亦皆九十六祖考享

年八十八祖姚享年八十四祖考之四兄兩妹享年亦皆

八十同知大父於祖考從兄弟也今年八十五歲古人云人

生七十古來稀七十之壽亦云稀也則況八十之壽于八

十之壽求一人於一家誠不易得況九十之壽于九十之
壽求一人於一世誠不易得況百年之壽于祖子孫三世
八十之壽九十之壽百年之壽十五人相繼而出苟非積
德之家能如是乎高祖考受學於趙靜庵先生先生遭禍
之後自號慕亭杜門坐一室讀百經累命不就職高祖妣
稟性純善誠孝過人曾祖考承家庭之訓恬靜自守不事
營爲位至亞卿家無一產終日看書至老不倦曾祖妣通
古今達事理奉親祭先一遵禮法祖考平生守靜不求聞
達詩酒自娛都忘世事祖妣人皆謂善如蔡夫人同知大
父醇厚儉約不墜家聲在家在官無一過舉噫以其壽考

自然堂公文

三十三

其行以其行驗其壽夭之陰隲善人前後報應如是其不

戚也則世之欲享壽福者其監于茲其監于茲高孫正植

謹叙

附錄

李監司遼大夫人壽宴韻

朝頤鼎養世稀見天界夫人獨永年鶴壽共忻方屬百兇

舳惟祝更加千金章舞彩增新秩緗菊垂花映綺筵家慶

君恩俱盛事高文合與畫圖傳

梧陰　尹斗壽

見說秋曹李侍郎大姿九十九齡強如今南極星臨戶依

舊蟠桃子送香人世上皆應共艶神仙中有始相方年年

歲歲長如此又見萊衣賜帶黃

芝川　黃廷彧

附錄

四十六

挽李同知遼大夫人

年前高會九夫人首座萱花百二春共詫東韓算獨遼

聞南極壽星淪疏封崇秩恩光大累享專城孝道純衰挽

題時還欲賀諸孫七十送靈輀

　　　　　慕堂　洪覆祥

李參判遼大夫人挽

禀得幽閑性仍生窈窕門淵心同仲氏懿德逼姜嬪尸祝

漆藁潔齊眉內範敦愁纏孤鳳逝從有貳身存歷百四年

歲惟曾玄子孫人間五福極天上老星尊至養由賢子崇

封荷聖恩頻食御珍送日覩彩衣翩永擬無窮壽還招厭

世魂哀榮兩無憾福覆久猶蕃賤子繞弱冠名門忝託婚

叨陪丈人行屢奉壽筵樽抱病承哀訃題辭拭淚痕惟當

倩大手記德昭乾坤

撫松堂 鄭晦 撫松

在北窓古玉集禾谷鄭賜湖借手於

次李叅議遽韻二首

豈將沈鬱暫時拋頃日勤邊出苦思策馬已難踰嶺險撫

身常自歎形羸共壇穩討開心話隨量相傳細酌厄趁暮

歸。風雪亂詩魔清興忽追隨來

鍊形槐院始知心四十年來契益深國叅共懷危主念時

艱相討臼薪襟老衰抵死君常惜勤恪供公我自欽情話

到昏猶未洽更於何日繼追尋

贈李明應 文夔 用前韻

歲寒齋　安宗道　官監司　順興人

李白騎鯨飛上天芙蓉城裡追群仙醉齷王母九霞觴再

誦人間三十年多生習氣尚豪雄歷落頗有前身風向來

能事未全消清詩健賦聲磨空比年學劍干伯王腰間琿

琭搖玲瓏風塵蹭蹬失騫騰白羽在箧還生皴即今飄泊

江湖間相逢一破窮愁凝自恨貪賤事織箔屠市夷門曾

結客狂圖未試鬢先改大醉長歌自鞴晦有時彈鐵氣如

虹知音賴有夫君在旣不能揚鞭走馬出橫門脈挾燕山

超北海又不能上狀請斬佞臣頭折檻天庭立奇節破窓

燈火坐閑散欝欝幽懷向誰說飲君樽酒爲君歌莫論世 前額即遊

事多如髮各將藤杖待秋風去踏萬二千峰月 摩尼山用

觀燈
行韻

石洲　權韠

附錄　四十八

부록3
〈新平 李氏 大同譜 首卷〉
중에서

粟蔬堂 李文蕡 漢詩集

朝散大夫南臺掌令栗蔬堂公 諱文賞 行狀 (舍人公派)

新平之李出自高麗平章事德明八世至諱安仕我朝爲令同正安生正字之莖

之莖生順孫順孫生判校幹幹生李宗季宗爲正郎季宗生世純世純爲奉事後

以子貴贈僉判世純生邇爲京畿觀察使以文行重於朝廷娶全義李氏判書龜

齡之孫縣監念之女有丈夫子八人公其長也公諱文賞字明應以皇明嘉靖戊

午生生而白晳秀眉豐頰長身頎然氣像不凡眞魁傑人也早習百家書爲文詞

甚嫺尤長於詩語殊淸省操觚者爭推之權石洲韠貽詩要和公卽酬之石洲大

稱服曰此眞謫仙才如韠不及也萬曆戊子中進士第二選由是華聞益發以才

行薦爲金吾郎俄移童蒙敎官仍陞殿中出知德山縣甚有惠政官滿朝廷因民

願借一年以淸約自持居之七年一衣弊盡邑人稱之曰來時衣去時衣入爲刑

部員外俄移戶部時光海政瘴宵人秉弄公仰屋而歎曰世將亂矣遂棄官退居

307

于楊州一雲舊庄閉門却掃日誦經訓所居有江山泉石之勝公甚樂之日觴詠
其中無復有世念也後除尚方判官秋曹正郎皆不就爲農自給家事丑歲年將
六十飯粟咬菜人或爲公病之而公處之泰然仍以粟蔬顏其室嘗題詩壁間曰
天邊行雨雲無定蘆渚窺魚鷺未閒惟有粟蔬堂上客北窗終日對青山觀於此
詩足可以見公矣及光海幽閉大妃用事者議以當廢公聞而喟曰倫常滅矣因
流涕廢食者屢日主其論者重公名要借爲己助許筠河仁俊皆公一家人爭以
禍福怵之公責以大義毅然絕之群凶虓怒騶機倦發於是公托以脚病坐而不
動人有慕公名而來候者雖尊貴不起晨昏定省亦用小轎代步恒若廢絕者然
終以是免焉古所云舉世混濁清士乃見者近之矣逮仁祖改玉大臣以林下高
節白于上上嘉之拜漢城判官不就復召以司憲掌令有一二名宰以書勉公無
輕出公曰惡是何言也吾其敢索價爲哉虛名媒爵吾所恥之即入京肅謝金相
塗崔相鳴吉曁諸勳宰皆來訪公謂曰賴諸公協贊得復見天日田野之人受賜
大矣但觀今日朝廷無乃錦衣布裳耶蓋謂上有聖君而下無良佐也諸公皆色
變公且曰吾今老矣無能爲得一鮮事之邑養老母於願足矣諸公諷銓官除溫

308

陽郡守公奉板輿至郡日修飭旨滫而忠養之公則退而啖蔬菜甚甘也郡與德

山隣德山吏民聞公來有造謁者見公弊衣冠破鞍曰此公莅吾縣時物也奚數

十年之後而尚此物也居一年因事替歸行橐祗一弊被而已邑人迄今頌其清

德自是無意於世不復置解由吏丁丑朝廷因優老典加通政階例付護軍自丙

子難後寓居于陽城盤谷村時公年八十貌尚澤髮尚黑神氣尚精健望之不省

其爲八十人也其後壽益高至八十八九歲則貌益進而童髮益進而鬢神氣益

進而旺迥然恬然殆所謂器壽歟每朝晨興盥櫛整衣冠端坐竟日手古書不舍

有酒輒食至十五六鷗而惟兩輔微醺而己乙酉七月十七日晨興端坐如平日

至晚呼諸孫命之列坐問曰早暮因命擲字畫卦沉吟良久曰今日吾其命已矣

未幾翛然而瞑享年八十八葬于陽城素沙酉向之原配坡平尹氏吏曹叅判希

仁之曾孫贈叅判范龍之女性和婉嫻婦規與公同年生先公五年坍享年八十

四附于公葬公之大母貞夫人蔡氏壽百有三歲世所稱百歲夫人也而公母李

氏之壽九十四公八十八夫人又八十四於乎公之世其可謂壽德之世也己公

平居歡愉不形于色笑言皆適其可反躬厚而責人則約故己無過郵人且不怨

其爲孝友事於家甚篤母夫人喪公已至衰麻在身之年而持制一於禮居廬三
年晨夕哭墓殮葬薦奠之禮未嘗使子弟代之其敎子弟也先德行而後文藝使
不得嫩衣媮食曰飢寒者玉人于成也鄉居不以齒德自尊待鄉人雖幼少必與
之適禮濟其急甚己之急人愈敬愛之公馬逸齕隣人穀其主扶之馬即斃公笑
而不問或曰胡不責償公曰馬齕其穀而扶之恒情也扶而至於斃不幸也何問
焉聞者咸服公長者公大父僉判公嘗受學於靜庵先生篤志力行以爲後世子
孫敎則公之孝友之行高世之操居官律己之嚴待人接物之忠於乎蓋有自也

戶曹判書　安東　權大載　撰

朝散大夫南臺掌令粟蔬堂公^{譚文熒}行狀^(舍人公派)
조산대부남대장령속소당공^{휘문명}행장^(사인공파)

신평 리씨가 고려 평장사 덕명(德明)에게서 나와서 8대에 휘 안(安)에 이르러 아조에 벼슬하여 영동정이 되었고 안이 정자 지경(之莖)을 낳았고 지경이 순손(順孫)을 낳았고 순손이 판교 간(幹)을 낳았고 간이 계종(季宗)을 낳아 계종이 정랑이 되었고 계종이 세순(世純)을 낳았는데 세순이 봉사가 되어 뒤에 아들이 귀함으로 참판을 증직하였고 세순이 거(遽)를 낳아 경기관찰사가 되어 문장과 조행으로 조정에 중한 명망이 되었다.

전의이씨(全義李氏)를 장가들었는데 판서 귀령(龜齡)의 손녀요 현감 염(念)의 딸이다. 아들 8형제 낳았는데 공이 둘째이다. 공의 휘는 문명(文熒)이오 자는 명응(明應)인데 명나라 가정 무오년에 낳았다. 태어나서부터 얼굴이 희고 청수한 눈썹 원만한 두 볼에 키가 큼직하여 기상이 범상치 않으니 참으로 뛰어나게 잘난 사람이었다. 일찍 백가서를 익히어 문장이 대단히 능숙하고 더욱 시에 능하여 말이 대단히 청고하고 간명하니 문장을 하는 사람들이 다투어 추앙하였다. 권석주(權石州) 필(鞸)이 시를 주고 화답하기를 요청하였다. 공이 곧 응수하니 석주가 크게 칭찬하고 탄복하기를 "이것은 참으로 이태백 같은 재주이다. 나 같은 사람은 미치지 못한다." 하였다.

만력 무자년에 진사 제 이(二)에 합격하니 이 때문에 명성이 더욱 퍼져서 재행(才行)으로 천거되어 금부도사가 되고 조금 뒤에 동몽교관으로 옮기고 이내 사현감찰에 승진하여 덕산(德山)현감으로 나갔다. 대단히 정치를 잘하여 만기가 되매 조정에서 민원으로 인하여 1

년을 연기하여 주었다. 청백하고 검약하는 것으로 스스로 지키어 관에 있은 지 7년에 한 벌 옷이 다 해어지니 고을 사람들이 칭송하기를 '올 때 옷이 갈 때 옷'이라 하였다. 들어 와서 형조좌랑이 되고 조금 뒤에 호조좌랑으로 옮기었다. 때에 광해군의 정치가 병들어서 소인들이 정치를 잡고 흔드니 공이 천정을 쳐다보며 탄식하기를 "세상이 장차 어지러워지겠다." 하고 드디어 벼슬을 버리고 물러 가 양주(楊州) 일운동(一雲洞) 옛 별장에 있어 문을 닫고 깨끗이 청소하고 날마다 경서를 외었다. 사는 곳에 강산(江山) 천석(泉石)의 좋은 경치가 있는데 공이 대단히 즐거워하여 날마다 그 가운데에서 마시고 읊어서 다시는 세상 생각이 없었다. 뒤에 상반판관과 형조정랑을 제수하였으나 모두 나아가지 않고 농사를 지어 자급자족하니 집 일이 텅 빈 것 같았다. 나이 장차 육십(六十)인데 잡곡을 먹고 채소를 씹으니 사람들이 혹 공을 위하여 딱하게 여기나 공은 태연하게 지내고 속소(粟蔬) 두 글자를 그 방에 현판을 하고 벽 위에 시를 쓰기를 '하늘가에 비를 내리자니 구름도 바쁘구나. 갈대 물가에 고기를 엿보느라 해오라기도 한가치 못하다. 오직 속소당 위의 손은 북창에서 종일토록 청산만 바라보네!'하였다. 이 시만 보아도 족히 공을 알아 볼 수 있다.

　광해군이 인목대비를 가두게 되자 용사하는 자들이 의논하기를 '대비를 쫓아내야 한다.' 하였다. 공이 듣고 탄식하기를 강상이 없어졌다하고 인하여 눈물을 흘리며 식음을 폐한 것이 여러 날이었다. 그 의논을 주장하는 자가 공의 명망을 중하게 여기어 이름을 빌리어 저의들의 원조를 삼고자 하였다. 허균(許筠)과 하인준(河仁俊)은 모두 공의 한 집안사람들이다. 다투어 화복으로 공동(恐動)하였다. 공이 대의로 꾸짖고 꿋꿋이 끊어버렸다. 여러 흉당(凶黨)들이 심히 깜

짝 놀랄 사기가 자칫하면 폭발하게 되었다. 이에 공이 다리 병을 핑계로 앉아서 움직이지 않았다. 사람이 공의 이름을 사모하여 와서 문후하는 자가 있으면 아무리 존귀한 사람이라도 일어나지 않고 혼정신성하는 데에도 또한 작은 교자(轎子)를 써서 걸음을 대신하여 항상 병폐된 사람인 체하여 마침내 이것으로 화를 면하였으니 예전에 말한 온 세상이 혼탁하여야 맑은 선비를 볼 수 있다는 것이 가깝다 하겠다.

인조대왕이 반정한 뒤에 대신이 공의 산림 밑의 높은 절개로 임금께 아뢰니 임금이 아름답게 여기어 한성판관을 제수하니 공이 나아가지 않았다. 다시 사헌장령으로 부르니 한두 유명한 재상이 편지로 공에게 가볍게 나가지 말라고 권하였다. 공이 말하기를 "그게 무슨 말인가, 내가 감히 값을 찾겠는가. 빈 이름으로 벼슬을 중매(仲買)하는 것을 내가 부끄럽게 여기는 것"이라 하고 곧 서울에 들어 와 사은숙배하였다. 김상국 유(瑬), 최상국 명길(鳴吉) 및 여러 공신 재상들이 모두 와서 방문하였다. 공이 말하기를 "제공(諸公)의 협찬을 힘입어 다시 하늘과 해를 보게 되니 전야(田野)에 있는 사람이 혜택을 받음이 크다. 다만 오늘 날의 조정을 본다면 비단저고리에 베치마가 아닌가."하였으니 대개 위에는 성군(聖君)이 있으나 아래에는 훌륭한 보좌가 없음을 이름이었다. 제공(諸公)이 모두 얼굴빛이 달라졌다. 공이 또 말하기를 "내가 지금 늙어서 아무 일도 할 수 없으니 일이 적은 고을 하나를 얻어서 노모를 봉양하면 소원에 족하다."하였다. 제공이 이조에 말하여 온양군수를 제수하였다. 어머니를 판여(板輿)로 모시고 고을에 이르러 날마다 맛있고 부드러운 음식을 신칙하여 만들어 봉양하고 공은 물러나와 채소를 먹기를 심히 달게 하였다. 온양이 덕산과 이웃 고을인데 덕산 아전과 백성들이 공이 온 것을 듣고 와서 뵙는 자가 있었다. 공의 해어진 의관과 안장을 보고 말하기를 "이것은 공이 우리 고을에 계시던 때의 물건인데 어째서 수십 년 뒤에도 그대로 그 물건인가"하였다. 온양에 있은 지 1년 만에 갈려 돌아오는데 행장은 해어진 이불 한 채뿐이었다. 고을 사람들이 지금까지 그 맑은 덕을 칭송한다.

이 뒤로부터 세상에 뜻이 없어 다시 해유리(解由吏)를 두지 않았다. 정축년에 조정이 노인을 우대하는 법전에 인하여 통정 가자(加資)를 주고 예에 의하여 호군에 붙이었다. 병자년 난리 뒤로부터 양성(陽城) 반곡촌(盤谷村)에 살고 있는데 공이 나이 팔십(八十) 세였다. 얼굴은 아직도 윤택하고 모발은 아직도 검고 정신과 기운은 아직도 강건하여 바라보면 팔십 노인 같지 않았다. 그 뒤에 수가 더욱 높아서 팔십 팔구 세가 되매 얼굴은 더욱 나아져서 팽팽하고 모발은 더욱 검어지고 정신과 기운은 더욱 왕성하여 여유 있고 편안하고 조용하였으니 참으로 이른바 덕이 있으면 수하는 것인가, 매일 아침에 일찍 일어나서 소세하고 의관을 정제하고 단정히 앉아 종일토록 손에 책을 들고 놓지 않으며 술이 있으면 곧 먹어서 십오륙 배에 이르나 두 볼이 조금 불그스름할 뿐이었다. 을유년 7월 17일에 일찍 일어나서 단정히 앉아 있기를 평일같이 하고 해가 늦어지매 여러 손자를 불러 늘어앉히고 해가 이르고 저문 것을 묻고 인하여 글자를 던져 괘를 긋게 하고 한참을 응얼거리다가 말하기를 "오늘은 내 명이 다 하였다."하고 얼마 아니 되어 스스로 눈을 감았으니 향년이 88세였다.

양성 소사 묘자유향 자리에 장사하였다. 배위에 파평 윤씨(坡平尹氏)이니 이조참판 희인(希仁)의 증손녀요 증참판 범룡(范龍)의 딸이다. 성품이 온화하고 순하여 여자의 규범에 능숙하였다. 공과 같은 해에 나서 공보다 5년 먼저 돌아갔는데 향년 84세였다. 공에게 부장(祔葬)하였다. 공의 할머니 채씨는 수가 103세인데 세상에서 말하는 백세부인이고 공의 어머니 이씨는 수가 94세이고 공이 88세이고 부인이 또 84세였으니 아! 공의 세대는 가위 수하고 덕있는 세대라 하겠다.

공이 평소에 즐겁고 노하는 것을 얼굴에 나타내지 않고 웃고 말하는 것을 모두 적당하게 하며 몸에 반성하는 것은 후하게 남을 책망하는 것은 간단하게 하기 때문에 자기에게 허물이 없고 사람들이 원망하지 않았으며 효도와 우애로 집에서 행하는 것이 심히 독실하였다. 어머니 상사에 공이 이미 상복만 몸에 걸치는 나이에 이르렀건만 상제를 꼭 예절대로 하고 3년 동안 여막에 있어 조석으로 산소에 곡하였으며 염하고 장사하고 천(薦)하고 전(奠)하는 예를 한 번도 자제를 시켜 대항하지 않았으며 자제를 가르침에는 덕행을 먼저로 하고 문예를 뒤로하며 아름다운 옷과 좋은 음식을 하지 못하게 하며 말하기를 배고프고 추운 것은 사람을 옥같이 만드는 것이라 하였다. 시골에 있어 연치와 덕망으로 스스로 높은 체 하지 않고 시골사람을 대접함에 비록 젊은 사람이라도 반드시 대등하게 하여 남의 급한 것을 구제하기를 자기 급한 것보다 더하게 하니 사람들이 더욱 공경하고 사랑하였다. 공의 말이 놓여서 이웃 사람의 곡식을 뜯어먹으니 그 주인이 때리어 말이 그 자리에서 죽었다. 공이 웃고 묻지 않으니 어떤 사람이 말하기를 "왜 값을 물리지 않는가" 하니 공이 말하기를 "말이 곡식을 뜯는 것을 보고 때리는 것은 사람의 상정이고, 때려서 죽기에 이른 것은 불행이다. 무얼 물으랴." 하니 듣는 사람들이 모두 공은 장

자라고 탄복하였다. 공의 할아버지 참판공이 일찍이 정암(靜庵) 선
생에게 수학하여 뜻을 독실히 하고 힘써 행하여 후세 자손의 가르침
을 남겼으니 공의 효우(孝友)의 행실과 세상에 높은 지조와 관에 있
고 몸을 단속하는 엄한 것과 남을 대우하고 물건을 접하는 충심이 대
개 내려온 데가 있다 하겠다.

호조판서(戶曹判書) 안동 권대재(權大載) 지음

249

贈嘉善大夫吏曹參判行奉正大夫軍資監奉事慕亭公諱世純墓誌（舍人公派）

有明朝鮮國　贈嘉善大夫吏曹參判兼同知義禁府事行奉正大夫

軍資監奉事李公之墓

新平李氏大同譜　首卷

文獻篇

貞夫人仁川蔡氏之墓

贈嘉善大夫吏曹參判兼同知義禁府事行奉正大夫軍資監奉事李公諱世純

字景粹洪州新平縣人考諱季宗 贈通政大夫承政院都承旨知製教兼經筵

參贊官春秋館修撰官藝文館直提學尚瑞院正行奉正大夫兵曹正郎兼春秋

館記注官姚清道金氏淑夫人祖諱幹通訓大夫承文院判校曾祖諱順孫學生

外祖折衝將軍 知中樞府事金靈雨公始生于洪治甲寅七年六月二十三日

三十五戊子中司馬丁巳初授社稷署參奉移陞豐儲倉副奉事歷轉繕工濟用

義盈等司以病解官再除靖陵參奉又陞軍資監奉事萬曆甲戌二年六月初八

日考終于家同年八月永葬于仁川黃等川里先塋之側今遷于交河法興里新

卜之原與夫人合葬以舊墳不安之故也公生二男五女長女適忠義衛李鶴生

三男三女次女適學生河復興生二男二女次男遽中壬子司馬癸丑庭試官至

參判娶敦寧府主簿李念女生八男四女次女適忠義衛金景祖生三男一女次

女適學生玄奎生二男一女次女適司果朴念生二男一女次男蓬擇蔭職歷授

七邑已經郡守娶司果文友曾女生一男三女參判第一男文著第五男文芝

251

七男文衡壬辰之亂路逢賊劒父母幾危以身翼蔽而死幷事聞旌表第二男文
嘗中戊子司馬蔭仕今爲縣監第三男文荃登甲申虎榜陞嘉善今爲全羅水使
第四男文薈蔭官已經縣令第六男文蘭蔭職今爲主簿第八男文菖中已亥虎
榜已經縣監郡守一男文蕙中癸卯司馬其餘諸孫子女或無後或年幼今不殫
列新平之李本出洪陽至於前朝中書舍人李元祥而始大世居公州廣程里子
孫蕃衍科第輩出簪紱相連爲一世盛門與雙梅李相公詹同宗而分派焉公天
資明粹稟性耿介嫉惡如讐居窮不戚常從己卯學徒立於靜庵門下其願學之
誠趨向之正可謂篤實丁酉之黨金安老爲魁與蔡無擇濁亂朝政金蔡公之切
族也憚公勁直欲以爵祿誘脅公終不往見反以小人責之安老輩聞之亦不敢
加禍公之剛腸不屈孰不歎服若使遭遇登用則素蘊庶可展布而運窮年老只
官一命而終可勝惜哉成聽松守琛趙龍門昱相與講學往來不絕李相國棠權
相國轍皆以舊交信義相從皆一時高士聞人也公亦嘗自號曰慕亭希叟其景
仰聖賢之心終始若此而平日種德之功爲善之慶流及於後昆子孫之盛福祿
之遠不亦宜乎夫人考諱年贈通政大夫承政院左承旨兼經筵叅贊官行通訓

大夫松禾縣監姊淑夫人海平尹氏祖申保贈純忠補祚功臣嘉善大夫吏曹叅
判兼同知義禁府事邵城君行通訓大夫南陽都護府使曾祖諱倫贈通政大夫
禮曹叅議行奉列大夫世子侍講院左弼善外祖宣務郎行司醴醴奉事尹濟生
於洪治甲子十七年四月初十日卒於萬曆丙午三十四年九月二十一日享年
百有三歲也仁川蔡氏自麗朝以來父子兄弟內外族姪并登科第布列清顯軒
冕塡委金貂輝映爵祿之高門戶之盛世稱甲族宜矣夫人誕降之日慈母見背
隨父親養活稟性溫柔秉心淳厚喜怒不形於色言笑不啓其齒及長歸配李氏
之門多有思媚之行第以清貧之故未免僮僕之勞然猶事所天盡禮養子孫甚
均齊眉之敬鳴鳩之惠人皆悅服歲癸丑長男登第悅以榮宦屢享專城人稱多
福壬寅歲時自上聞夫人年滿百歲優賜食物癸卯正月又教特加其子以慰其
母繼有實職除授之教夫人以子爵二品例陞封貞夫人恩命稠疊感極幽明母
以子顯子以母貴君寵之厚家慶之大前後罔聞是秋九月爲設宴席廣請賓客
以榮聖恩滿朝諸宰咸來稱慶乙巳春和月稧員都元師韓浚謙首開慶壽之議
大設宴席于長興庫洞甲第稧員晋興君姜紳判書尹曔錦溪君朴東亮同知洪

253

履祥僉判南以信晋昌君姜絪驪興君閔中男僉議尹壽民各令夫人奉陪大夫

人來會稱觴傳舞盡禮罄歡而罷此實爲夫人別設之禮也何其盛哉前後宴禮

隣里聳觀道路稱嗟或比於老萊之母夫人之大德得壽積善有慶爲如何哉

萬曆三十五年　正月　日

贈嘉善大夫吏曹參判行奉正大夫軍資監奉事慕亭公^{諱世純}墓誌^(舍人公派)

증가선대부이조참판행봉정대부군자감봉사모정공^{휘세순}묘지^(사인공파)

증 가선대부 이조참판 겸 동지의금부사 행 봉정대부 군사감봉자 이공(李公)의 휘는 세순(世純)이요 자는 경수(景粹)요 홍주(洪州) 신평현(新平縣) 사람이다. 아버지의 휘는 계종(季宗)인데 증 통정대부 승정원도승지 지제교 겸 경연찬참관 춘추관수찬관 예문관직제학 상서원정 행 봉정대부 병조정랑 겸 춘추관기주관이고, 어머니는 청도 김씨(淸道金氏) 숙부인이고 할아버지의 휘는 간(幹)인데 통훈대부 승문원판교이고 증조의 휘는 순손(順孫)인데 학생이고 외조는 절충장군 첨지중추부사 김영우(金靈雨)이다.

공이 처음에 홍치(洪治) 7년 갑인(甲寅) 6월 23일에 나서 35세 되던 무자년에 진사에 합격하였고 정사년에 처음 사직서참봉을 제수하고 풍저창부봉사에 옮겨 승진하여 선공 제용 의령 등의 관사를 역임하고 병으로 벼슬을 그만 두었다가 다시 정능참봉을 제수하여 또 군자감봉사에 승진하였다. 만력 2년 갑술 6월 초 8일에 돌아가시었다. 동년 8월에 인천 동등천리 선영 옆에 영장하였다가 지금 교하 법흥리의 새로 잡은 땅에 옮기어 부인과 합장하니 예전 자리가 편안치 못한 때문이다.

공이 2남 5녀를 낳았는데 장녀는 충의위 이학에게 출가하여 3남 3녀를 낳았고, 차녀는 학생 하부홍에게 출가하여 2남 2녀를 낳았고, 장남 거(遽)는 임자년에 진사에 합격하고 계축년 정시에 등과하여 벼슬이 참판에 이르고 돈녕부주부 이념의 딸과 장가들어 8남 4녀를 낳았고, 차녀는 충의위 김경조에게 출가하여 3남 1녀를 낳았고, 차녀는 학생 현규에게 출가하여 2남 1녀를 낳았고, 차녀는 사과 박념에게 출가하여 2남 1녀를 낳았고, 차남 원(薳)은 음직이로 7읍을 제수하여 이미 군수를 지내고 사과 문우증의 딸을 장가들어 1남 3녀를 낳았다. 참판(參判)의 제1남 문시, 제5남 문지, 제7남 문형은 임진왜란에 길에서 왜적의 칼을 만나 부모가 위태하게 되매 몸으로 막아 가리어 죽었는데 조정에 들리어 정문을 하였고, 제2남 문명은 무자년에 진사에 합격하여 음사로 지금 현감이 되었고, 제3남 문전은 갑신년 무과에 올라 가선에 승진하여 지금 전라수사가 되었고, 제4남 문빈은 음사로 이미 현령을 지냈고, 제6남 문란은 음사로 지금 주부가 되었고, 제8남 문창은 기해년 무과에 올라 이미 현감을 지냈다. 군수(郡守)의 1남 문헌은 계묘년에 진사에 합격하였다. 그 나머지 여러 손자의 자녀는 혹은 무후하고 혹은 나이 어리어 지금 다 기록하지 못한다. 신평 이씨가 본래 홍주에서 나왔는데 전조(前朝) 중서사인(中書舍人) 이원상(李元祥)에 이르러 비로소 커졌다. 대대로 공주(公州) 광정리(廣程里)에 살아 자손이 번성하고 과거가 많이 나고 벼슬이 연속되어 한 세상의 성한 가문이 되었고 쌍매(雙梅) 이상공(李相公) 첨(詹)과는 동종으로 분파되었다. 공이 타고난 바탕이 총명순수하고 성품이 광명하고 개결하여 악한 것을 미워하길 원수같이 하고 궁하게 살아도 슬퍼하지 않았다. 항상 기묘(己卯)학도를 따라 조정암(趙靜庵) 문하에 섰으니 배우기를 원하는 정성과 나아가는 길의 바름이 참으로 독실하다 하겠다. 정유(丁酉)의 도당에 김안로(金安老)가 괴수인데 채무택(蔡無擇)으로 더불어 조정을 타락하였으니 김안로는 채공의 가까운 친족이었다. 공의 굳세고 곧음을 꺼리어 벼슬과 녹으로 달래고 협박하였으나 공이 끝내 가보지 않고 도리어 소인으로 꾸짖었다. 안로의 무리가 듣고도 또한 감히 화를 가하지 못 하였으니 공의 강한 심장을 누가 탄복하지 않으랴. 만일 때를 만나 등용되었다면 본래의 포부를 펼 수 있었겠는데 운수가 궁하고 나이가 늙어서 낮은 벼슬로 마치었으니 얼마나 아까운 일인가. 성청송(成聽松) 수침(守琛) 조용문(趙龍門) 욱(昱)과 서로 더불어 학문을 강마하여 왕래하는 것이 끊어지지 않았으며, 이정승(李政丞) 명(蓂) 권정승(權政丞) 철(轍)은 모두 오랜 친구로서 신의로 상정하였으니 모두 한 때의 높은 선비와 명망있는 사람이다. 공도 또한 일찍이 모정희수(慕亭希叟)라고 스스로 호를 지었으니 성현을 사모하는 마음이 시종 이와 같았다. 평일에 덕을 쌓은 공과 착한 일을 한 경사가 후손에게 흘러 미치어 자손의 번성한 것과 복녹의 멀리 미치는 것이 또한 마땅하지 않은가.

부인의 아버지의 휘는 연(年)인데 증통정대부 승정원좌승지 겸 경연참찬관 행통훈대부 송화현감이고 어머니는 숙부인 해평 윤씨이고 할아버지의 휘는 신보(申保)인데 증순충보조공신 가선대부 이조참판 겸 동지의금부사 소성군 행통훈대부 남양도호부사이고 증조의 휘는 윤(倫)인데 증통정대부 예조참의 행봉렬대부 세자시강원좌필선이고 외조는 선무랑 사온서봉사 윤제(尹濟)이다. 부인이 홍치 17년 갑자 4일에 나시어 만력 34년 병오 9월 21일에 돌아가시니 수한이 103세였다. 인천 채씨가 고려(高麗) 이래로 부자형제 내외족질이 모두 과거에 올라 청환요직에 벌려 있어 초헌이 문에 메이고 금관이 번쩍이었으니 작녹의 높은 것과 문호의 성한 것이 세상에서 훌륭한 집안이라 칭하는 것이 당연하다. 부인이 탄생하던 날에 어머니가 세상을 떠났다. 부친에게 길러났는데 성품이 온화유순하고 마음가짐은 순

후하였으며 기쁘고 노한 것을 얼굴에 나타내지 않고 말하고 웃을 적에 치아가 보이지 않았다. 장성한 뒤에 이씨의 가문에 출가하였는데 시어머니에게 극진히 효성을 하였다. 다만 청빈함 때문에 진력하는 수고는 면치 못 하였으나 남편 섬기기를 예를 다하고 자손 기르기를 심히 균일하게 하니 남편에 대한 공경과 자제에 대한 평균한 사랑을 사람들이 모두 탄복하였다. 계축년에 장자가 등과하여 좋은 벼슬로 기쁘게 하여 여러 번 온 고을의 봉양을 받으니 사람들이 복이 많다고 칭송하였다. 임인년 설 때에 임금이 부인께서 만 백세가 되었다는 것을 듣고 넉넉히 음식물을 하사하였고 계묘년 정월에 전교하기를 특별히 그 아들에게 기자를 내리어 그 어머니를 위로하라 하고 계속하여 실직을 제수하라는 전교가 있었고 부인은 아들의 벼슬이 2품임을 예에 의하여 정부인을 봉하였으니 은명(恩命)이 중첩하여 감사한 것이 유명(幽明)에 극진하였다. 어머니는 아들 때문에 현탈하고 아들은 어머니 때문에 귀하게 되었으니 임금의 은총이 후함과 집 경사의 큼이 전에나 후에나 들을 수 없었다. 이 해 가을 9월에 잔치를 베풀어 널리 빈객을 청하고 임금의 은혜를 영화롭게 하니 만조 여러 재상이 모두 와서 경사를 칭송하였다. 을사년 봄에 계원(稧員) 도원수 한준겸(韓浚謙)이 경수연(慶壽宴)을 열자고 발의하여 장흥고동(長興庫洞) 갑제에 크게 연석을 베풀고 계원진흥군 강신(姜紳), 판서 윤돈(尹暾), 금계군 박동량(朴東亮), 동지 홍이상(洪履祥), 참판 남이신(南以信), 진창군 강인(姜絪), 여흥군 민중남(閔中男), 참의 윤수민(尹壽民)이 각각 부인을 시켜 대부인을 모시고 와서 모이었다.

술잔을 올리고 번갈아 춤을 추어 예와 즐거움을 다하고 파하였으니 이것은 실로 채부인을 위하여 특설한 예이다. 얼마나 성대하였는

가. 전후의 연례에 이웃마을 사람들이 우러러보고 길 가는 사람들이
칭송을 자탄하여 혹은 노래자(老萊子)의 어머니에 비교하였으니 부
인의 큰 덕이 상수를 얻고 적선한 것이 경사가 있음이 어떠하냐.

만력 35년 정월

259

百歲蔡夫人慶壽宴圖序（舍人公派）

夫老星增彩世多高年非直也人受祐隆腦實由運遭休和一代鴻厖之化有以

致之耳昔在宣祖朝萬曆癸卯春正月禮曹叅議李公邃大夫人蔡氏年滿百歲

宣祖優賜賚又加李公嘉善階爲漢城府右尹以說其母用是推榮先世公考世

純贈吏曹叅判蔡夫人視叅判公爵封貞夫人公進謝箋優批論之命書諸史一

世榮之無何公爲刑曹叅判是年秋九月公盛設宴以爲大夫人壽廣邀名公卿

傾朝來集佟聖恩也子孫衣冠而供宴需者亦數十人於是繪畫其事以爲傳家

之寶越三年乙巳夏四月西平府院君柳川韓公方爲亞卿通于諸宰曰吾儕各

奉慈親陪百歲夫人共爲壽宜矣皆曰善有老親年七十以上者之子弟共與之

修禊晋興君姜公紳錦溪君朴公東亮判書尹公暾同知洪公履祥叅判韓公浚

謙叅判南公以信晋昌君姜公絪驪興君閔公中男叅知尹公壽民僉正權公調

翊衛姜公紞並公與公弟主簿薳凡十三員也事聞于上特令八道助其具乃會

於長興洞甲第謂之慶壽宴蔡夫人以百歲坐北壁晋興君大夫人以命婦同主

壁其餘八大夫人以位次分坐東西諸夫人之數亦如大夫
人之後行軒輿盈巷衆樂俱奏諸宰迭前奉觴以次起舞談者艷歎以爲曠世盛
事蓋百歲之壽固絶無而僅有其他卿宰之大夫人同會一堂者七十以上至於
九又何盛也諸家福祿之隆實受于天而亦豈非際時休昌同躋壽域者歟宣祖
大王錫類推恩又是千載之異數也蔡夫人享十五專城之養百有三歲不病而
卒云季子即主簿九典郡縣有一丈夫子曰文蕙屢歷郡邑以年八十進階嘉善
謂其子瀵曰吾以百歲夫人之孫當壽宴時得與於執事子弟之列親觀盛事而
不幸繪事失於兵燹當時子弟之執事者亦皆零落惟余尚存而已蓋矣今不傳
其跡無以視諸後情畫手而爲之圖記其事而爲之帖以壽其傳是汝之職汝其
勉之李大瀵請叙於余不才何足以張之抑余於此有所感焉吾兄弟亦嘗有具
慶之樂在仁祖朝與諸公奉雙親者約設壽酌適甚早有避殿之教竟未一設而
相繼遭憂俱抱孤露之痛子孫之生存亦無多所遭之運前後無異而何其幸不
幸之相邊也得奉二親尤是大慶造物者有忌而沮之耶如吾不肖誠薄而然耶
聞此盛禮不覺涕淚之淫淫也不忍拒其懇收涕而爲之序

完山后人　李景翅　序

百歲蔡夫人慶壽宴圖序 (舍人公派)
백세채부인경수연도서 (사인공파)

대저 노인성(老人星)이 광채를 더하여 세상에 수하는 이가 많은 것은 사람이 신(神)의 도움을 받기를 후하게 한 것뿐 아니라 실로 아름답고 화평한 운수를 만나서 한 시대의 광대한 화육(化育)이 가져온 것이다.

옛날 선조(宣祖) 때 만력(萬曆) 계묘(癸卯)년 봄 정월에 예조참의 이공(李公) 거(蘧)의 대부인 채씨(蔡氏)가 나이 100세가 되었다. 선조대왕이 우대하여 물건을 주고 또 이공을 가선(嘉善) 가자로 승진시키어 한성부우윤(漢城府右尹)을 삼아 그 어머니를 기쁘게 하고 선세에 영광을 이루어 공의 아버지 세순(世純)은 이조참판(吏曹參判)을 증식하고 채부인은 참판공의 벼슬과 같이 정부인(貞夫人)을 봉하였다.

공이 사전(謝箋)을 올리고 임금이 우대하여 비답하여 이르고 사책에 쓰라고 명령하니 한 세상이 영광스럽게 여기었다. 얼마 아니 되어 공이 형조참판(刑曹參判)이 되었는데 이 해 가을 9월에 공이 성하게 잔치를 베풀어 대부인께 헌수하고 유명한 공경(公卿)들을 널리 초청하여 온 조정이 와서 모이었으니 성상(聖上)의 은혜를 영광으로 여김이었다. 자손이 의관을 갖추고 연수(宴需)를 이바지한 자가 또한 수십 인이었다. 이에 그 일을 그림을 그리어 집에 전하는 보화를 삼았다. 3년 뒤 을사(乙巳)년 여름 4월에 서평부원군(西平府院君) 유천(柳川) 한공(韓公)이 바야흐로 이조참판이 되었는데 여러 재상에게 통지하기를 우리들이 각각 자친을 받들어 백세부인을 모시고 함께 헌수하는 것이 마땅하다 하니 모두 말하기를 좋다하였다. 나이 70세

이상의 노친을 모시고 있는 자제들이 함께 더불어 계를 맺었다. 진흥군 강공 신(神), 금계군 박공 동량(東亮), 판서 윤공 돈(暾), 동지 홍공 이상(履祥), 참판 한공 준겸(浚謙), 참판 남공 이신(以信), 진창군 강공 인(絪), 여흥군 민공 중남(中男), 참치 윤공 수민(壽民), 첨정 권공 형(詗), 익위 강공 침(紞), 공과 공의 아우 주보 원(薳)까지 합하여 모두 13인이었다. 일이 위에 들리매 특별히 8도로 하여금 그 연수를 돕게 하였다. 이에 장흥동(長興洞) 갑제(甲第)에 모였는데 그 잔치를 경수연(慶壽宴)이라 한다. 채부인은 100세이므로 북쪽에 앉고 진흥군의 대부인은 정승의 부인임으로 북쪽에 앉아 함께 주벽(主壁)이 되고 그 나머지 8대부인은 작위의 차례로 동쪽 서쪽에 나누어 앉고 제부인(諸夫人)의 수도 또한 대부인과 같이 각각 대부인의 뒷줄에 나누어 앉았다. 초헌과 가마가 골목에 가득하고 여러 풍악이 함께 아뢰었다. 여러 재상이 번갈아 앞에 나와 술잔을 받들어 올리고 차례로 일어나 춤을 추었다. 얘기하는 사람들이 부러워하고 탄식하여 세상에 드문 성한 일이라 하였다. 대개 100세의 수가 어쩌다 있는 일인데 기타 경제상의 대부인 한 당(堂)에 모인 이가 70세 이상의 아홉 분에 이르렀으니 또 얼마나 성한가.

여러 집의 복녹의 융성한 것이 실로 하늘에서 받은 것이다. 또한 어찌 좋은 때를 만나서 함께 수하는 지경에 오른 것이 아닌가. 선조대왕이 선(善)으로 주고 은(恩)으로 추급(推及)한 것이 또 천고(千古)의 특이한 은수(恩數)이다. 채부인 15고을의 봉양을 받았고 103세에 앓지도 않고 작고하였다 한다. 끝에 아들이 곧 주부(主簿)인데 9고을을 지내었고 한 아들이 있는데 문훤(文蕙)이다. 여러 번 수령을 지내고 나이 80세로 가선(嘉善) 가자에 승진하였다. 그 아들 관(灌)에게 이르기를 "내가 백세부인의 손자로 수연 때를 당하여 집사(執事) 자제의 열에 참여하여 친히 성한 일을 보았는데 불행하게도 그때 그림으로 그린 것이 병화에 잃어버렸고 당시에 자제로서 집사(執事)한 자가 또한 모두 죽고 오직 내가 남아있는데 이미 노혼하였다. 지금 그 사적을 전하지 않으면 후세에 보일 수가 없으니 화수(畵手)를 빌려 그림을 만들고 그 일을 기록하여 첩(帖)을 만들어서 오래 전하게 하라. 이것이 너의 직책이니 너는 힘쓰라." 하였다. 이대(李大) 관(灌)이 나에게 서(叙)를 청하니 재주가 부족한 내가 어떻게 잘 지을 수가 있는가. 다만 내가 여기에 느낀 것이 있다. 우리 형제가 또한 일찍이 구경(具慶)의 낙이 있어 인조(仁祖) 때에 양친을 모시고 있는 제공(諸公)으로 더불어 수작(壽酌)을 베풀기로 약속하였다는데 마침 대단히 가물어서 주상께서 대궐을 피하신다는 분부가 있어 필경 한번 수작을 베풀지 못하고 서로 이어 상고를 당하여 모두 고로(孤露)의 애통을 안았고 자손이 살아있는 이도 또한 얼마 없다. 만난 운수는 전후가 다름이 없는데 행과 불행이 어째서 그렇게 먼가. 양친을 모시고 있는 것이 더욱 큰 경사인데 조물주가 시기하여 저지한 것인가. 불초한 내가 정성이 얇아서 그러한 것인가. 이 성한 예를 듣고 눈물이 줄줄 흐르는 것을 깨닫지 못하겠다. 차마 그 간청을 거절하지 못하고 눈물을 거두고 서문을 쓴다.

완산후인(完山后人) 이경석(李景奭)은 서(叙)한다

慶壽宴圖記（舍人公派）

萬曆三十年我昭敬大王三十五年秋承政院啓曰前僉議李遽有老母今年九
十九聖人之治當有老老之典上感其言厚賜之至明年正月上曰李遽之母今
年百歲自今歲首賜餼廩有常加爵其子以賞之於是李公進嘉善階由同中樞
爲右尹推恩三世爲大夫尋改小秋官遂拜京畿觀察使其九月置酒上壽諸公
卿百官之長畢集觀其慶京城爲之謠曰母以子貴子以母貴熙熙壽母公伯其
子時之卿大夫有大夫人承養者十家晉興君錦溪君尹判書韓僉判洪中樞南
僉判李中樞晉昌君驪興君尹僉知權少正姜翊衛李中部爲十三人以明年四
月大合宴上壽名曰慶壽宴因白上上加賜之令諸道供給其物及日賜舞樂而

265

樂之其位次百歲夫人以上壽最尊姜相國貞敬夫人尹氏以命婦最貴皆中堂

南向其下八大夫人各以命數爲序東西相向諸夫人侍宴各從後列既序禮畢

晉興君以下諸公皆升堂再拜子孫衣冠而侍列者九人折衝文荃國子典籍弘

立獻納讓最顯其在執事之列者又十六人以次各舉觴上壽其樂方響節鼓管

絃登歌下舞當時事太史氏既書諸册以張大之閭巷之父老相傳爲美談今己

五十餘年矣韓僉判及仁祖世以王后父貴至領敦寧尹僉知爲大司憲權少正

爲掌令李中部爲嘉平太守尹獻納爲代言李折衝爲節度使諸執事子孫又八

相者一人繡衣升朝者七人爲臺省者一人出宰百里者六人今諸公皆己沒惟

李中樞南錦山在世李中樞百歲夫人之親孫今年八十二嘗守數郡頃年以壽

增秩爲中直大夫南錦山南僉判之長男當年年最少今亦白首由考工少卿嘗

出爲錦山太守百歲夫人前古名人蔡公壽之從女生於弘治甲子沒於萬曆丙

午歷三萬六千甲子爲一百三歲云觀察公七十七沒有二姊皆九十六樞府公

又八十餘可謂壽考之世也樞府公之子灤以其尊大夫之命圖畫其事並記諸

公官爵姓名年次屬陽川許穆記之

　上之八年　孟冬下澣奉正大夫前任司憲府持平許穆記

慶壽宴圖記^{(舍人公派}
경수연도기^(사인공파)

　만력 30년 우리 선조대왕 35년 가을에 승정원(承政院)이 아뢰기를 "전참의(參議) 이거(李蘧)가 노모가 있어 지금 나이 99세이니 성인의 정치가 마땅히 노인을 우대하는 은전(恩典)이 있어야 하겠습니다." 임금이 그 말에 감동하여 후하게 하사하고 명년 정월에 이르러 임금이 말하기를 "이거(李蘧)의 어미가 금년에 100세이다. 금년 세 때로부터 양식주기를 일정하게 하고 그 아들의 벼슬을 높이어 상을 주라." 하였다. 이에 이공이 가선(嘉善)가자에 승진하여 동중추(同中樞)를 거치어 우윤(右尹)이 되고 삼대를 추은(推恩)하여 대부(大夫)를 삼았다. 조금 뒤에 형조참판(刑曹參判)이 되고 드디어 경기관찰사(京畿觀察使)를 제수하였다. 그해 9월에 잔치를 베풀고 현수를 올리는데 여러 공경(公卿)과 백관의 장(長)이 모두 모이어 그 경사를 구경하였다. 경성에서 동요를 부르기를 '어머니는 아들 때문에 귀히 되고 아들은 어머니 때문에 귀히 되었네. 화락한 어머니요, 감사인 아들일세.' 하였다. 그때에 경재상이 대부인을 모시고 있는 이가 열 집인데 진흥군, 금계군, 윤판서, 한참판, 홍중추, 남참판, 이중추, 진창군, 여흥군, 윤참지, 권소정, 강익위, 이중부 열 세 사람이었다. 명년 정월을 크게 합하고 잔치하여 헌수하는데 이름이 경수연이다. 인하여 임금께 사뢰니 임금이 후하게 주고 여러 도(道)로 하여금 물건을 공급하게 하였고 그날에 미치어 춤과 풍악을 주어 즐겁게 하였다.

　그 좌석차례는 백세부인은 상수로 가장 높고 강정승의 정경부인 윤씨는 명부(命婦)로서 가장 귀하여 모두 당 중앙 북편에 앉아 남향하고 그 아래 8대 부인은 각각 벼슬도 차례를 하여 동편 서편으로 서로 향하고 여러 자부되는 부인은 잔치에 모시어 각각 뒷줄에 앉았다. 좌서의 예가 끝남에 진흥군 이하 제공(諸公)이 모두 당에 올라 재배하였다. 자손이 관복을 갖추고 열(列)에 모신 자가 9인인데 절충장군 문전(文荃), 성균관전적 홍립(弘立), 사간원헌납 양(讓)이 가장 현달하였고, 집사(執事)의 열에 있는 자가 또 16인이었다. 차례로 각각 잔을 들어 헌수를 올리고 풍악이 바야흐로 절(節), 고(鼓), 관(晉), 현(絃)으로 올려퍼지고 올라와 노래하고 내려가 춤을 추었다. 당시의 일은 사관(史官)이 이미 사책에 기록했고 여항의 부로들이 서로 전하여 아름다운 얘기로 삼았는데 지금 이미 50여 년이 되었다.

한참판은 인조(仁祖) 때에 미치어 왕후의 아버지로 귀가 영돈령에 이르고, 윤참지는 대사헌이 되고, 권소정은 장령이 되고, 이중부는 가평 태수가 되고, 윤헌납은 승지가 되고, 이절충은 절도사가 되고 여러 집사 자손은 또 정승이 된 이가 한 사람이고 수의(繡衣)로 조정에 오른 이가 일곱 사람이고, 대성(臺省)이 된 이가 한 사람이고, 수령으로 나간 이가 여섯 사람인데 지금 여러분들이 모두 이미 작고하고, 오직 이중추 남금산이 세상에 있다.

이중추는 백세부인의 친손으로서 지금 나이 82세인데 일찍이 두어 고을을 지내고 전년에 수로 질을 높이어 가선대부가 되었고 남금산은 남참판의 장남인데 당년에 나이가 가장 젊었는데 지금 역시 흰머리가 고공소경을 거치어 금산군수로 나갔었다. 백세부인은 근고의 명인채 공(蔡公) 수(壽)의 질녀이다. 홍치 갑자년에 나서 만력 병오년에 작고하였는데 3만6천 갑자를 지내어 103세가 되었다 한다. 관찰공이 77세에 작고하고 두 누님이 모두 96세를 살았고 추부공이 또 80여 세이니 가위 수하는 세대라 하겠다. 추부공의 아들 관(灌)이 존대부(尊大夫)의 명령으로 그 일을 그림 그리고 아울러 제공의 관작, 성명, 연차(年次)를 기록하여 양천 허목에게 부탁하여 기(記)한다.

금상8년 맹동 하한에
봉정대부 전임사헌부 지평 허목(許穆)은 기(記)한다

慶壽宴日記　韓西平浚謙（舍人公派）

萬曆三十三年乙巳春入洛行壽親稧宴先是朝中卿大夫有老親者十餘人共

作壽親稧每遇壽辰邀與開宴陞堂上壽其中李僉判遵母夫人蔡氏生于弘治

甲子年過一百歲上聞而嘉之僉判公時爲樂議特命陞二品實職推恩封蔡氏

貞夫人別賜米豆而寵之稧中常以爲榮至是晉興君姜公紳工曹判書尹公曒

同知中樞府事洪公履祥刑曹僉判南公以信驪興君閔公中男晉昌君姜公絪

新平李氏大同譜　首卷　　文獻篇

271

兵曹叅知尹公壽民掌樂正權公訶暨浚謙以狀申於禮曹若曰伏見中樞府事
李邊母貞夫人蔡氏今年百有二歲曠古所罕有特蒙聖上老老之恩優異之典
前後稠疊寵榮無比一世莫不稱道其美顧紳等亦有偏母皆過稀齡紳母貞敬
夫人尹氏八十三歲暾母貞敬夫人南氏八十歲履祥母貞夫人白氏七十八歲
浚謙母申氏七十四歲以信母貞夫人愼氏七十歲中男母貞夫人李氏八十四
歲壽民母趙氏八十一歲訶母金氏八十八歲俱當孝理之日獲叨祿養之榮嘗
結爲一禊共娛國恩亦聖化中一盛事也屬茲和煦之辰乘老人動作之便欲冀
同會一堂奉蔡夫人壓座上壽一以慰老人臨年之懷一以叙諸子愛日之誠將
以某日設行筵面諸子諸孫合力經紀略備酒肴第念此時聲樂一節不敢擅便
竊聞前日自上有壽宴外禁用樂之教故紳等區區之心妄有所據不得不申稟
於有司伏乞鑒量分付使人子爲親之誠不歸落莫不勝幸甚該司據此轉啓上
司之乃於四月初九日乃設宴長興庫洞空第各奉板輿以會百歲夫人以年尊
晋興大夫人以爵尊同坐北判書大夫人同中樞大夫人浚謙大夫人驪興大夫
人衆知大夫人僉正大夫人分坐東西諸子夫人各從坐其老親坐後以奉起居

內外諸孫分執其事奔走飣餼之品略倣享禮諸子以次奉幣進爵起舞下退諸
夫人以下亦以次進酌宴禮訖諸夫人咸聚百歲大夫人座前晤語諧笑極其歡
洽竟夕而罷都中之人駢闐街巷觀者如堵墻遠近士女至有登山設帳幕而瞻
望其光若神仙之會諸司廢衙各送僕隷以執其役爭致壽幣以助其費實曠古
稀有之盛事也時浚謙方爲吏曹叅判翌日特受命將視事于南邊臨罷諸大夫
人謂浚謙大夫人曰今日之會叅判公始倡成之而明日適有遠行請以一盃謝
大夫人仍以餞叅判公可乎遂各執觴侑之從容酬酌此又一座之光幸也稧員
中咸鏡監司徐公淏全羅監司張公晚奉其大夫人在治所同知趙公挺適奉大
夫人在外未衆錦溪君朴公東亮大夫人方隨其子東說氏往在黃州而錦溪君
與夫人俱來會焉韓浚謙記

新平李氏大同譜　首卷　文獻篇

慶壽宴日記 韓西平浚謙^(舍人公派)
경수연일기 한서평준겸^(사인공파)

만력 33년 을사(乙巳)년 봄에 서울에 들어가서 수친계(壽親稧) 잔치를 행하였다. 이보다 먼저 조정 경대부 십여 인이 함께 수친계를 맺어 매양 수신(壽辰)을 맞으면 맞아서 잔치를 열어 당(堂)에 올라 수(壽)를 올렸는데 그중에 이참판 거(蘧)의 모부인(母夫人) 채씨(蔡氏)가 홍치 갑자년에 나서 나이 100세가 지났다.

임금이 듣고 아름답게 여기어 참판공이 그때 참의로 있는데 특명으로 2품 실직에 승진시키고 은혜를 미루어 채씨를 정부인(貞夫人)으로 봉하고 따로 쌀과 콩을 주어 영광스럽게 하니 계원들이 항상 영광으로 여기었다. 이 때에 이르러 진흥군 강공 신(紳), 공조판서 윤공 돈(暾), 동지중추부사 홍공 이상(履祥), 형조참판 남공 이신(以信), 여흥군 민공 중남(中男), 진창군 강공 인(細), 병조참지 윤공 수민(壽民), 장악정 권공 형(詗) 및 준겸(浚謙)이 장첩(狀牒)으로 예조에 신청하기를 "엎드려 보건대 중추부사 이거(李蘧)의 어머니 정부인(貞夫人) 채씨(蔡氏)가 지금 나이가 102세이니 예전에 드문 일입니다. 특별히 성상께서 노인을 우대하는 은혜를 입어 특이한 은전(恩典)이 전후에 중첩하여 은총과 영광이 비할 데 없으니 온 세상이 칭송하지 않는 이가 없습니다. 돌아보건대 신(紳) 등도 또한 편모(偏母)가 있어 모두 70세가 지났습니다. 신(紳)의 어머니 정경부인 윤씨(尹氏)는 83세이고 돈(暾)의 어머니 정경부인 남씨(南氏)는 80세이고 이상(履祥)의 어머니 정부인 백씨(白氏)는 78세이고 준겸(浚謙)의 어머니 정부인 신씨(申氏)는 74세이고 이신(以信)의 어머니 정부인 신씨(愼氏)

는 70세이고 중남(中男)의 어머니 정부인 이씨(李氏)는 84세이고 수민(壽民)의 어머니 조씨(趙氏)는 81세이고 형(詗)의 어머니 김씨(金氏)는 88세인데 함께 효도로 다스리는 날을 당하여 녹으로 봉양하는 영광에 참여, 일찍이 한 계를 맺어서 함께 나라 은혜를 즐겼으니 또한 성화(聖化) 중의 한 좋은 일입니다. 이 화창하고 따뜻한 때를 당하여 노인의 동작이 편리함을 타서 한집에 모이어 채부인을 받들어 상좌에 모시고 헌수를 올리어 한편으로는 노인의 모년(暮年)의 회포를 위로하고 한편으로 여러 아들의 날을 아끼는 정성을 펴고자 하여 장차 아무날로 잔치를 베풀려 하여 여러 아들과 손자들이 힘을 합하여 경영하여 술과 안주를 대강 준비하였으나 다만 생각건대 이때에 성악(聲樂) 한 가지는 임의로 할 수가 없습니다. 듣건대 신(紳) 등의 구구한 마음이 망령되어 의거할 데가 있어 유사(有司)에게 품신(稟申)하지 않을 수가 없습니다. 빌건대 참작상량하여 분부하시어 자식의 어버이 위하는 정성으로 하여금 쓸쓸하지 않게 하시면 다행함을 이기지 못하겠습니다."하였다. 해사(該司)가 이것에 의거하여 아뢰니 임금이 허가하였다.

이에 4월 초9일에 장흥고동(長興庫洞) 빈 집에 연석을 베풀고 각각 판여(板輿)를 받들고 모이었다. 백세부인은 연세가 가장 높으므로 진흥군 대부인은 벼슬이 가장 높으므로 함께 북쪽에 앉고 판서대부인 동충추대부인 준겸대부인 참판대부인 여흥군대부인 참지대부인 첨정대부인은 동쪽 서쪽에 나누어 앉고 여러 아들의 부인은 각각 노친의 자리 뒤에 앉아서 기거를 받들고 내외 여러 손자는 각각 일을 맡아서 분주하게 돌아다니고 여러 음식의 종류는 대강 향례(享禮)를 모방하였다. 여러 아들은 차례로 폐백을 받들고 잔을 올리고 일어나 춤추고 물러났다. 여러 부인 이하도 또한 차례로 잔을 올리었다. 잔치의 예가 끝나고 여러 부인들이 모두 백세부인의 자리 앞에 모이어 얘기하고 웃고 하여 극히 즐기어 저녁이 다 되어 파하였다.

　도성 안 사람들이 거리 골목을 메워 구경하는 자가 담과 같았고 원근의 사녀(士女)들이 산에 올라가 장막을 치고 바라보기를 신선이 모인 것 같이 하기까지 하였다. 여러 관사(官司)에서는 아문(衙門)을 폐지하고 각각 노복을 보내어 심부름을 하게하고 다투어 수폐(壽幣)를 보내어 비용을 도와주었으니 실로 옛날에 드문 경사였다. 때에 준겸(浚謙)이 바야흐로 이조참판으로 있어 이튿날 특별히 명령을 받아 남방에 가서 군사를 시찰하게 되었는데 파할 때에 임하여 여러 대부인들이 준겸의 대부인에게 이르기를 오늘의 모임은 참판공이 처음 설도하여 이루어진 것이고 명일에 마침 원행을 하게 되니 한잔 술로 대부인께 감사하고 인하여 참판공을 전송하는 것이 좋다하고 드디어 각각 잔을 잡아 권하여 조용히 잔을 주고받았으니 이것이 또한 좌중의 영광이었다. 계원 중에 함경감사(咸鏡監司) 서공(徐公) 성(渻), 전라감사(全羅監司) 장공(張公) 만(晩)은 구 대부인을 받들어 임소(任所)에 있고 동지 조공(趙公) 정(挺)은 마침 대부인을 받들어 외방에 있어 참여하지 못하였고 금계군 박공(朴公) 동량(東亮)의 대부인은 그 아들 동열(東說) 씨를 따라 황주(黃州)에 가 있고 금계군은 그 부인과 함께 와서 모이었다.

276

新平李氏大同譜　首卷　文獻篇

嘉善大夫京畿觀察使　兼　巡察使　兵馬水軍節度使
開城府留守南村公諱邁墓誌（舍人公派）

嘉善大夫京畿觀察使兼巡察使兵馬水軍節度使開城府留守李公諱邁字仲
尚號南村洪州新平縣人遠祖諱元祥仕高麗中書舍人以文行顯世六代祖諱
安麗末避倭寇轉入海西因居自安以下墓在松禾半程里曾祖諱幹我朝文科
承文院判校兼春秋祖諱季宗登廷試兵曹正郎兼春秋考諱世純成均生員少
游趙靜庵門下晚號慕亭希旻以宰輔之薦除社稷署奉遷軍資監奉事衰病辭
去妣仁川蔡氏麗朝銀青光祿樞密使寶文之後松禾縣監諱年之女也嘉靖壬
辰八月十四日己丑生公天性溫雅氣質聰穎孩提已知讀書十餘歲通經傳善
屬文壬子中進士癸丑擇廷試第三名選入槐院丙辰以漢語精通超陞禮曹佐
郎除書狀兼質正官赴京竣事辛酉中廟遷陵以禮曹正郎例兼郎廳數月監董
終始不懈提調銓相鄭公惟吉知公才器薦授侍講院司書旋除文學自此清路
始通司諫院獻納司諫司憲府持平掌令成均館司藝司成弘文館修撰校理更

277

迭出入長在三司持論以正時望亦重癸亥以來爲新進爭名者所忤至乙丑出
除金山郡守丙寅以親病辭遞丁卯除鐵原府使壬申除軍器寺正癸酉除白川
郡守甲戌丁慕亭公憂哀禮備至丙子秋服闋詮曹以奉養偏親初授忠州牧使
又除清州牧使皆未赴見遞至冬除司藝司成啓遞以公爲草堂先生許公曄之
姻親門生也是時時論之携貳可知丁丑除慈山郡守居官未久又罷是秋除杆
城郡守己卯遞來庚辰除坡州牧使譯院以漢語精通啓請還朝除直講甲申除
廣州牧使譯院又以漢語請留備忌記曰李邊爲親乞郡畿邑不遠有時來講以
遂情願恩數至矣榮養三年以方伯相避遞丙戌除通禮院通禮戊子陞堂上除
黃州牧使瓜滿以民願加一年辛卯除驪州牧使壬辰倭賊大熾將遍八道公以
不閑武事請遞聞大駕西巡奉九十歲慈親由江原峽路向行在到伊川猝遇凶
鋒賊揮劍欲害公公之第七子文衡年十六以身蔽覆自當其刃而即斃公亦被
傷救瘡之際賊又至以鈇擊其第一子文著第五子文芝俱斃眼前三子死孝事
聞旌閭公是秋扶病入成川癸巳春謁大朝于定州陪大駕至江西縣除禮曹愈
議是冬賊退大駕還都公以禮官奉宗社入京衆宣武原從功臣乙未除仁川府

新平李氏大同譜　首卷　文獻篇

使遞拜刑曹叅議丁酉除永興府使己亥除工曹叅議辛丑冬備忌記曰京外年
老人依法典頒賜酒饌政院因啓曰聖上優老之意至矣叅議李遽之母今在京
中時年九十八歲曾無封爵不得叅今日恩數自上特賜酒食至癸卯春正月初
三日傳曰李遽之母今年百歲李遽加資實職除授以慰其母初七日政拜同知
中樞府事旋除漢城右尹贈公考奉事嘉善大夫吏曹叅判兼同知義禁府事母
蔡氏親授命誥爲貞夫人祖考正郎贈通政大夫承政院都承旨兼知製敎經筵
叅贊官春秋館編修官藝文館直提學尚瑞院正祖妣金氏　贈淑夫人且封公
之夫人李氏爲貞夫人公翌日進箋稱謝上敦諭勿謝命書史册以照後世舉國
之人皆曰蔡氏壽至百歲身榮子貴一家封爵遍及幽明五福一壽其信矣乎自
是歲饌之賜以終其生是年夏拜刑曹叅判冬除京畿監司公爲慈夫人設壽宴
以邀一世公卿以獻壽杯是日內外子孫衣冠者數十人名執任事極其歡悅觀
者盈路莫不稱羨公圖畫其事以爲傳寶焉乙巳春兵曹判書韓公浚謙與諸宰
有慈親者作百年契仍設一宴于長興洞甲第奉邀蔡夫人以獻壽杯聲樂大張
百物具備誠人間盛事事載蔡夫人墓誌蔡夫人年百三歲捐世公年七十五歲

丁艱居憂一從禮制日漸柴毀未及禫月卒于明禮宅正寢是戊申十月二十四
日享年七十七訃聞上歎悼別賜賻物命製祭文遣禮官吊祭其年十二月日葬
于交河法豐里以兆域不寧庚戌十月日移葬于坡州南面巨萬峙丙坐壬向之
原新卜也夫人全義李氏統合三韓翊贊三重功臣諱棹之後殷山縣監諱念之
女生於嘉靖戊戌年十六歸于公事親治家人多稱善至崇禎辛未正月十八日
卒于楊州一雲里享年九十四歲是年三月從公以祔同塋一室公生八男四女
一曰男文著幼學娶縣監奉誼女生子女皆夭二曰男文賞進士官正郎娶副護
軍尹范龍女生三女一男長女適僉正尹兼善生一女次女適申尚哲生四
男一女次女適幼學柳德涵時無子女男潘司馬主簿生四男二女男馨植光植
榮植敏植三曰男文荃武嘉善兵使娶察訪慎在女有養子武出身洞生二男四
曰男文著縣令娶節慎君女側室有子女五曰男文芝娶奉事金敏女生二男二
女男夭長女適武堂上李克華生一男次女適幼學李琥生三男二女六曰女適
縣監李澤民生三男二女長男宗先生一男一女次男起先生一男一女次男昌
先生二女長女適郡守權儆己生二男一女次女適幼學徐雲驥生一男一女七

新平李氏大同譜　首卷　文獻篇

曰男文蘭縣監娶德禮守女側室有子女八日女適縣監韓信民生一男命吉司

馬縣監生四女二男九日女適忠義衛李英立生五女二男長女適進士吳重臣

生四女一男次女適僉奉李尚曄生一女次女適幼學李寬生二男長男時馨次

男時芳餘皆幼十日男文蘅娶掌令羅級女側室有子淳生三男十一日男文莒

武縣監娶僉知趙光琳女生一男二女男澆長女適幼學沈汝沃生三男次女適

幼學愼訥生子女十二日女適河萬年生一女男早死有一子女適幼學尹

升亭生子女公之子女既多至於曾玄幾以百數不能盡錄公早年登科聲名傾

世慕亭公戒之曰汝之釋褐古人不幸家訓且陋無以立世出就賢師以優其學

公一承嚴教跡斷名場供職餘力必挾冊摳衣於草堂函丈之間公恬靜自守不

事營爲頗好看書吟哦遣懷至於異端權數絕於言議立朝五十餘年恒無變初

性不低昂志無苟容至丙申年間其時首相每遇國慶輒率百官請上尊號宣祖

大王厭其煩瑣批旨嚴峻首相詢問諸宰皆曰因慶上號固不可中止公獨曰自

上謙德至重姑從停止亦一聖朝事也首相憮然諸宰相顧公之事君以正不以

浮華可想公歷歟清班長在論思規諫之言獻替之事可記者多壬辰兵火家乘

281

散失考出未詳尤可惜也第以一家之事言之慕亭公年過八十蔡夫人百三歲
堂上鶴髮堂下萊衣專城榮養十有一州天眷且隆增秩悦親則奉養之道極矣
與夫人李氏齊眉相敬琴瑟亦調共享人間之樂五十六年之久則伉儷之道盡
矣子女十二人能就長成皆行婚禮於具慶之日而有子有孫則子孫之道至矣
以此舉國之人稱以孝友壽福之家過之者孜式聞之者欽歎或有以世宗朝判
書孝靖公李貞幹奉慈親一時稱美之事比之曰奉母慶壽恩數可以齊侯於前
後而至如衆判公之兩親俱壽夫婦偕老三子旌門曾未聞於孝靖公家譜孝靖
公夫人之同宗也嗚呼惟天陰隲善人前後報應如是之不忒世之爲善而欲享
壽福之具全者其鑑于玆其鑑于玆

嘉善大夫 京畿觀察使 兼 巡察使 兵馬水軍節度使
開城府留守南村公諱蕖墓誌^(舍人公派)
가선대부경기관찰사 겸 순찰사 병마수군절도사
개성부유수남촌공휘거묘지^(사인공파)

가선대부 경기관찰사 겸 순찰사 병마수군절도사 개성부유수 이공(李公)의 휘는 거(蕖)요 자는 중상(仲尙)이요 호는 남촌(南村)이니 홍주 신평현 사람이다. 원조 휘 원상(元祥)은 고려조 중서사인(中書舍人)인데 문행(文行)으로 세상에 현달하였고 6대조의 휘는 안(安)인데 고려 말년에 왜적을 피하여 황해도로 들어가 눌러살아서 안(安)이하 분묘가 송화반정리(松禾半程里)에 있다. 증조의 휘는 간(幹)인데 아조에 문과에 올라 승문원판교 겸 춘추(承文院判校兼春秋)이고 할아버지의 휘는 계종(季宗)인데 정시문과에 올라 병조정랑 겸 춘추(兵曹正郎兼春秋)이고 아버지의 휘는 세순(世純)인데 성균진사이고 젊어서 조정암(趙靜庵) 문하에 배웠으며 만년에 모정희수(慕亭希叟)라고 호를 하였다. 재상의 천거로 사직참봉을 제수하여 군자감봉사로 옮기었다가 쇠하고 병들었으므로 사면하였다.

어머니는 인천채씨(仁川蔡氏)인데 고려조 은청광록추밀사 보문의 후손이고 송화현감 휘 연(年)의 딸이다. 가정 임진 8월 14일에 공을 낳았는데 천성이 온화 아담하고 기질이 총명하여 어려서부터 이미 글 읽을 줄 알았고 10여 세에 경전을 통달하고 문장을 잘 지었다. 임자년에 진사에 합격하고 계축년에 정시제 3인에 뽑히었다. 선발되어 승문원에 들어갔고 병진년에 중국말을 잘 하므로 예조좌랑에 뛰어 승진하여 서장관 겸 질정관을 제수하여 명나라 서울에 가서 일을 마치고 돌아왔고 신유년에 중종대왕의 능을 옮기는데 예조정랑으로 낭청을 겸하여 두어 달 동안 동독하기를 끝까지 두어 달 동안 동독하기를 게을리 하지 않으니 제조로 있는 이조판서 정공(鄭公) 유길(惟吉)이 공의 재주와 그릇을 알아보고 천거하여 시강원시서를 제수하고 이내문학을 제수하나 이때로부터 청환의 길이 열리기 시작하여 사간원의 헌납사간 사헌부의 지평장령 성균관의 사예사성 홍문관의 수찬교리로 번갈아 출입하여 언제나 삼사에 있어 의논 가지기를 공정하게 하니 당시의 물망이 또한 중하였다.

계해년 이래로 새로 나오는 명예를 다투는 자들에게 거슬리어 을축년에 금산군수로 나갔다가 병인년에 친환으로 사면하고 정묘년에 철원군수를 제수하고 임신년에 군기시정을 제수하고 계유년에 백천군수를 제수하고 갑술년에 모정공 상사를 당하여 애통과 예절을 갖추어 지극하였으며 병자년 가을에 복을 벗으매 이조에서 어머니를 봉양하라고 처음에 충주목사를 제수하고 또 청주목사를 제수하였는데 모두 부임하기 전에 갈리었고 겨울에 사예 사성을 제수하였다가 아뢰어 체임시켰으니 공이 초당선생 허공(許公) 엽(曄)의 생질서요 제자인 때문이다. 이 때에 시론의 갈라진 것을 알 수 있다. 정축년에 자산군수를 제수하였다가 부임한 지 얼마 안 되어 또 파면되고 이 해 가을에 간성군수로 나갔다가 기묘년에 체임되어 돌아오고 경진년에 파주목사를 제수하였는데 역원(譯院)에서 한어에 정통함으로 조정에 돌아오기를 아뢰어 청하여 직강을 제수하고 갑신년에 또 광주목사를 제수하였는데 역원에서 또한 이 때문에 머무르기를 청하였다. 비망기에 말하기를 이거가 모친을 위하여 고을을 빌었는데 경기 안의 고을이어서 멀지 않으니 때로 와서 강설하여 소원을 이루라 하였으

니 은수(恩數)가 지극하였다. 영화로 봉양한 지 3년 만에 감사와 친
척관계가 있으므로 체임되었다. 병술년에 통례원통례를 제수하고
무자년에 당상관으로 승진하여 황주목사를 제수하였는데 과만이 되
매 민원으로 1년을 연장하였다. 신묘년에 여주목사를 제수하였는데
임진년에 왜적이 크게 창궐하여 장차 8도에 편만하여짐에 공이 무사
에 익지 못함으로 체임되기를 청하였으나 대가가 서쪽으로 순행한
것을 듣고 90세 자친을 모시고 강원도 산골길로 하여 임금 계신 곳
으로 향하다가 이천에 이르러 졸지에 왜적을 만났다.

　적이 칼을 휘둘러 공을 해하려하니 공의 제 7자 문형이 나이 16세
인데 몸으로 아버지를 가리고 적의 칼날을 당하여 죽었다. 공도 역
시 부상하여 상처를 구제할 즈음에 적이 또 이르러 제 1자 문시, 제
5자 문지를 칼로 쳐서 모두 눈앞에 죽었다. 세 아들이 효도에 죽은
것으로 조정에 들리어 정문하였다. 공이 이 해 가을 병을 부축하고
성천에 들어가 계사년 봄에 임금을 정주에서 뵙고 임금을 모시고 강
서현에 이르러 예조참여를 제수하였다. 이 겨울에 왜적이 퇴각하고
대가가 환도하는데 공이 예관으로 종사(宗社)를 받들고 서울에 들어
와 선무원종공신에 참여하였다. 을미년에 인천부사를 제수하였다.
체임되어 형조참여를 제수하고 정유년에 영흥부사가 제수하고 기해
년에 공조참의를 제수하였다. 신축년 겨울 비망기에 이르기를 서울
과 외방의 연로한 사람에게 법전에 의하여 주찬을 나누어 주라 하였
다. 정원이 아뢰기를 "성상께서 노인을 우대하는 뜻이 지극하나 참
의 이거의 어머니가 지금 서울에 있는데 나이 98세인데 일찍이 봉한
벼슬이 없기 때문에 오늘의 은혜에는 참여하지 못 하였습니다."하였
다. 임금이 특별히 술과 음식을 하사하였다.

　　계묘년 정월 초 3일에 전교하기를 "이거의 어머니가 금년에 100세이니, 이거를 가자하여 실직을 제수하여 그 어머니를 위로하라." 하였다. 초 7일 정사에 동지중추부사를 제수하고 이내 한성우윤을 제수하고, 공의 아버지 봉사는 가선대부이조참판 겸 동지의금부사를 증직하고, 어머니 채씨는 친히 명고를 받아 정부인이 되고, 할아버지 정랑은 통정대부 승정원도승지 겸 지제교경연참찬관 춘추관편수관 예문관직제학 상서원정을 증직하고, 할머니 김씨는 숙부인을 증직하고, 또 공의 부인 이씨를 봉하여 정부인을 삼았다. 공이 이튿날 전(箋)을 올려 사은하니 임금이 사양하지 말라고 이르고 명하여 사책에 써서 후세에 알리라고 하였다.

　　온 나라 사람들이 모두 말하기를 '채씨가 100세까지 수하여 몸이 영화하고 아들이 귀히 되어 한집의 벼슬 봉하는 것이 유명에 두루 미치었으니 오복에 첫째가 수인 것이 참으로 그렇지 않은가' 하였다. 이 뒤로 돌아갈 때까지 세찬을 나리었다. 이 해 여름에 형조참판을 제수하고 겨울에 경기감사를 제수하였다. 공이 어머니를 위하여 수연을 베풀어 한 세상의 공경들을 초청하고 수배를 올리니 이 날에 내외자손 및 의관을 갖춘 자 수십 인의 각각 일을 맡아 극진히 즐기었다. 구경하는 사람들이 길에 메이어 칭송하고 부러워하지 않는 이가 없었다. 공이 그 일을 그림으로 그리어 전가보를 삼았다. 을사년 봄에 병조판서 한공 준겸(浚謙)이 어머니를 모시고 있는 여러 재상들과 백년계(百年稧)를 만들고 인하여 장흥동갑제에 한 잔치를 베풀고 채부인을 받들어 맞아서 수배를 올리는데 성악(聲樂)이 크게 벌어지고 백물이 구비하였으니 참으로 인간의성한 일이다. 일이 채부인 묘지에 실렸다.

채부인이 103세에 세상을 버리시었는데 공의 나이 75세였다. 상사를 당하여 거상하는데 한결같이 예제를 따르니 기력이 날로 패하여 담사 달에 미치지 못하고 명례방택정침에서 하세하시니 무신년 7월24일이다. 향년이 77세였다. 부음이 들리매 임금이 탄식하고 슬퍼하여 특별히 부의를 주고 명하여 제문을 지어 예관을 보내어 조상하고 제사하였다. 그해 12월에 교하(交河) 법풍리에 장사하였다가 산소자리가 편안치 못함으로 경술년 10월에 파주 남면 거만치 병좌임향 자리에 면례하니 새로잡은 자리이다. 부인 전의 이씨(全義李氏)는 통합삼만익찬삼중공신 휘 도(棹)의 후손이요 은산현감(殷山縣監) 휘 념(恋)의 딸이다. 가정 무오년에 나서 나이 16세에 공에게 시집와서 시부모를 섬기고 치가하는 것을 사람들이 많이 칭찬하였다. 숭정 신미년 정월 16일에 양주 일운리에서 하세하니 향년이 93세였다. 이해 3월에 공을 따라 합폄하였다.

공이 8남4녀를 낳았는데 첫째는 남(男) 문시(文蓍)인데 유학이고 현감 봉의의 딸과 장가들어 자녀를 낳았으나 모두 요촉하였다. 둘째는 남(男) 문명(文蓂)인데 진사에 합격하여 벼슬이 정랑이고 부호군 윤범룡의 딸을 장가들어 3녀1남을 낳았는데 장녀는 첨정 윤경선에게 출가하여 1녀2남을 낳았고 차녀는 신상철에게 출가하여 4남1녀를 낳았고 차녀는 유학 유덕함에게 출가하였는데 아직 자녀가 없고 남(男) 진(溍)은 진사에 합격하여 벼슬이 주부이고 4남2녀를 낳았는데 남은 형식, 광식, 영식, 민식이다. 셋째는 남(男) 문전(文荃)인데 무가선병사이고 찰방 신재의 딸을 장가들어 양자 무출신 형(泂)이 있는데 2남을 낳았다. 넷째는 남(男) 문저(文著)인데 현령이고 절신 군의 딸을 장가들어 칙실에서 자녀가 있다. 다섯째는 남(男) 문지(文

꾳)인데 봉사 김민의 딸을 장가들어 2남 2녀를 낳았으나 남은 요촉하고 장녀는 무단장 이극화에게 출가하여 1남을 낳았고 차녀는 유학 이호에게 출가하여 3남 2녀를 낳았다. 여섯째는 여(女)이니 현감 이택민에게 출가하여 3남 2녀를 낳았는데 장남은 종선인데 1녀를 낳았고 차남은 기선인데 현감이고 1남 1녀를 낳았고 차남은 창선인데 2녀를 낳아 장녀는 군수 권경기에게 출가하여 2남 1녀를 낳았고 차녀는 유학 서운기에게 출가하여 1남1녀를 낳았다. 일곱째는 남(男) 문란(文蘭)인데 현감이고 덕례수의 딸을 장가들었고 칙실에 자녀가 있다. 여덟째는 여(女)인데 현감 한신민에게 출가하여 1남 명길을 낳았는데 사마현감이고 4녀 2남을 낳았다. 아홉째는 여(女)인데 충의위 이영립에게 출가하여 5녀 2남을 낳았는데 장녀는 진사 오중신에게 출가하여 4녀 1남을 낳았고 차녀는 참봉 이상엽에게 출가하여 1녀를 낳았고 차녀는 유학 이관에게 출가하여 2남을 낳았는데 장남은 시형 차남은 시방이고 나머지는 모두 어리다. 열째는 남(男) 문형(文蘅)인데 장령 나급의 딸을 장가들었고 칙실에 아들 정(渟)이 있어 3남을 낳았다. 열한째는 남(男) 문창(文菖)인데 무현감이고 참지 조광림의 딸을 장가들어 1남 2녀를 낳았는데 남은 연(涴)이고 장녀는 유학 심여옥에게 출가하여 3남을 낳았고 차녀는 유학 신눌에게 출가하여 자녀를 낳았다. 열두째는 여(女)인데 하만년에게 출가하여 1남 1녀를 낳았는데 남은 일찍 죽고 한 아들이 있고 딸은 유학 윤승형에게 출가하여 자녀를 낳았다. 공이 자녀가 많아서 증손 현손에 이르매 거의 100명으로 헤아리게 되니 다 기록하지 못한다.

공이 조년 등과하여 성명이 세상을 기울어뜨리매 모정공이 경계하기를 "너의 등과한 것은 고인의 불행이다. 또 가장 교훈이 고루하여 세상에 설 수 없으니 어진 스승에게 나가서 학문을 넉넉히 하라." 하였다. 공이 한번 엄교를 들은 뒤에 명리장에 자취를 끊고 공직하는 여가에 반드시 책을 끼고 초당선생에게 배웠다. 공이 담담하고 조용하게 스스로 지키어 명리를 구하려 하지 않고 글 보기를 좋아하여 시를 읊조려 심회를 풀고 이단과 권모술수는 일체 말하지 않았으며 조정에 선 지 50여 년에 항상 처음 마음을 변하는 것이 없고 성품이 세상을 따라 이랬다 저랬다 하지 않으며 뜻이 구차하게 용납하는 것이 없었다. 병신년 간에 그때 영의정이 매양 나라 경사를 만나면 문득 백관을 거느리고 존호를 올리기를 창하니 선조대왕이 번쇄한 것을 싫어하며 비답하는 듯이 엄하고 준절하였다. 수상이 여러 재상에게 돌려 물으니 모두 말하기를 '경사로 인하여 존호를 올리는 것은 중지할 수 없다.' 하였다. 공만은 말하기를 주장하여 "겸손하신 덕이 지극히 중하시니 아직 정지하는 것이 또한 한 가지 성조의 일이다." 하였다. 수상이 무색한 표정이고 여러 재상들이 돌아보았으니 공이 바른 것으로 임금을 섬기고 부화한 것으로 하지 않음을 상상할 수 있다.

공이 청환을 고루 지내어 오래 논사(論思)의 자리에 있었으나 바르게 간한 말과 계책을 드린 일이 기록할 만한 것이 많을 것인데 임진년 병화에 가승이 산실되어 상고해 낸 것이 자세하지 못하니 더욱 아까운 일이다. 다만 한 가정의 일로 말하면 모종 공이 나이 80이 지나고 채부인이 103세였으니 당위의 늙은 부모와 당아래의 아롱진 옷으로 열한 고을의 수령을 지내고 봉양하였으며 임금의 권해가 높아서 벼슬을 돋우어 부모를 기쁘게 하였으니 봉양하는 도가 극진하였고 부인 이씨와 서로 공경하고 금슬이 또한 좋아서 인간의 낙을 함께 56년 동안을 누렸으니 부부의 도가 다 하였고 자녀 12인의 잘 성장하여 혼례를 모두 부모구존 하신 날에 거행하여 아들도 있고 손자도 있으니 자손의 도가 지극하다. 이러므로 온나라 사람들이 효우수복의 집이라고 칭송하여 지나는 사람이 공경하고 듣는 사람이 흠탄하였다.

혹은 세종(世宗) 때 판서 효정공 이정간(李貞幹)이 자친을 모시고 한 때에 칭송하고 아름답게 여기던 일로 비교하여 말하기를 "어머니를 모시고 경수(慶壽)한 것은 은수(恩數)가 전후에 똑같으나 참판공 같이 양친이 함께 수하고 부부가 해로하고 세 아들이 정문한 것은 효정공의 가보(家譜)에서 듣지 못하였다."하였다. 효정공은 부인의 동종이다.

아! 하늘이 가만히 착한 사람을 도와서 전후의 응보가 이렇게 틀리지 않으니 세상의 착한 일을 하여 수복을 온종하게 누리고자 하는 사람은 이 것을 거울삼을 지어다.

新平李氏大同譜　首卷　文獻篇

致祭文

維

萬曆三十六年歲次戊申十二月甲申朔初九日壬辰遣禮曹佐郎金岉諭

祭于前僉判李遽之靈曰

山河釀精挺生人豪聰悟夙成志行甚高茂叔䝾襟堯夫精神經綸莫施梁木遽

摧　三朝舊臣一世英才妙年通籍玉堂霜臺晚年佩符五馬一麾百齡之母八

十之兒　天恩加奬位躋亞卿老萊失養棘人惸惸謂神所扶胡爲訃至予用驚

悼遣官致祭靈如不昧庶幾歆格

致祭文
치제문

만력 36년(宣祖 41년, 서기 1608년) 무신 12월 갑신 초 9일 임진에 예조좌랑 김물(金岉)을 보내어 전에 참판이었던 이거(李蘧)의 영전에 제사 지내도록 유시(諭示)하고 이르시기를 "자연의 정기를 빚어 뛰어나게 태어나서 사람이 잘나고 이해가 빠르고 총명하여 성취하고 지조와 행실이 심히 높았으며 가슴에 품은 생각을 어릴 적부터 힘써 왔고 대장부의 정신으로 나라 다스림에 있어 베푸름이 크고 대들보(棟樑)의 자리에 빨리 이르다. 3대의 왕조(王朝, 조정)에 걸친 옛 신하요 한 세대에 뛰어난 재능이 있는 사람으로 20세 젊은 나이에 옥당(玉堂)과 상대(霜臺)에 벼슬하고 만년(늙은 나이)에는 허리에 인장(印章)을 차고 고을 원(수령, 태수)의 자리에 올라서 다섯 마리의 말(五馬)을 거느리고 지휘하니 100세의 어머니와 80세의 아들일세. 하늘의 은덕이 더하도록 권장하여 아향(亞鄕, 六曹의 다음 자리: 參判左尹右尹)에 올랐는데 늘그막에는(老萊子) 봉양할 어버이를 잃고 상제가 되어 근심하였다. 신(神)이 도와줘야할 바가 어찌 부음이 되어 왔으니 내가 놀랍고 슬퍼서 관리를 보내어 영전에 제사를 내리노니 먼동이 트기 전에 신령(神靈)이여 흠향(歆饗)하기 바라보라."

편역자 이성(李星)

예산농업고등학교 토목과 졸업
서울대 문리과대학 중어중문과 졸업
서울대 대학원 졸업
서울시립대 박사과정(고전·한문소설) 수료
국민대, 서울대, 연세대 강사 역임
청주대학교 중문과·한문교육과 교수(정년퇴임)

저서
교양한문(청주대학교 한문교재 연구소 편)
유림외사 연구(서울대 대학원)
속소당 이문명 한시집(편역)

논문
「유림외사(儒林外史)와 풍자 문학」
「홍루몽(紅樓夢)에 나타난 홍(紅)의 함의고(含義考)」
「역(易)의 음양·오행이 미학사상(美學思想)에 미친 영향」
「대산(臺山) 김매순(金邁淳)의 〈삼한의 열녀전서(三韓義烈女傳序)〉에
　　나타난 문학사상」 외

粟蔬堂 李文奠 漢詩集

초판 인쇄 ┃ 2011년 10월 19일
초판 발행 ┃ 2011년 10월 28일

편 역 자   이성

책임편집   윤예미

발 행 처   도서출판 지식과교양
등록번호   제 2010-19호
주   소   서울시 도봉구 창5동 320번지 행정지원센터 B104
전   화   (02) 900-4520 (대표)/ 편집부 (02) 900-4521
팩   스   (02) 900-1541
전자우편   kncbook@hanmail.net

ⓒ 이성 2011 All rights reserved. Printed in KOREA

ISBN 978-89-94955-45-2 93810   **정가**   28,000원

이 도서의 국립중앙도서관 출판도서목록(CIP)은 e-CIP홈페이지(http://www.nl.go.kr/ecip)에서
이용하실 수 있습니다. (CIP제어번호: CIP2011004390)